Pour écouter ou visionner un document

Tu trouveras :

tous les audios

toutes les vidéos

Sur le site e-didier.fr
Saisis le code du document e efe0000

ou

Sur l'appli Appli « onprint »
Flashe la page du manuel
où apparaît le picto e efe0000

Facile ! **Télécharge** l'appli gratuite « onprint » sur ton smartphone ou ta tablette, et **flashe** les pages de ton manuel pour un accès direct aux **audios** et **vidéos** du chapitre !

Being polite

- Good morning!
- Good afternoon!
- Can I open the window, please?
- See you later!
- See you tomorrow / on Thursday!
- Have a nice lunch!
- Have a nice day!
- Have a nice weekend!
- Have a nice holiday!
- Thank you!

CLASSROOM ENGLISH

SORRY...

...I don't have my notebook / my glue / my...

...I haven't done my homework.

...I'm late.

...I can't see the board.

...I don't know.

HELP!

- I need help.
- I don't understand.
- How do you say "......" in English?
- Can you repeat that, please?
- Can we listen again, please?

New e for English

A1>A2

6e

Cycle 3

Direction pédagogique

Mélanie Herment
Professeur et formatrice
Académie de Paris

AUTEURS

Laura Cursat
Professeur
Académie de Besançon

Anna Guill
Professeur et formatrice
Académie de Versailles

Pascaline Gouyette
Professeur
Académie de Paris

Sophie Rosenberger
Docteur en linguistique anglaise

Corinne Létant
Professeur
Académie de Paris

Karine Letellier
Professeur
Académie de Paris

Mark Wallace
Professeur
Académie de Paris

Liaison CM2 – 6e
Charlotte Thomas
Formatrice à l'INSPE de Paris

didier

Remerciements

L'éditeur exprime toute sa reconnaissance à Annie Coghlan pour sa relecture attentive et exigeante et ses suggestions toujours pertinentes, qui ont grandement bénéficié à l'ensemble du projet.

Les auteurs et l'éditeur remercient chaleureusement les enfants qui ont contribué, par leurs témoignages, à donner au projet son identité culturelle : Noah Bake, River D'Costa-Stephenson, Grace Flannery, Mai-Linh et Emile Grabiel, Emily Martha et Laura Green, Martin Harragin, Harry Morris, Neve O'Leary, Ruby Sprinkle, Elise Crebs, Quinn Wilson, Louise et Alex Hughes.

Ils remercient également Mathilda Moore-Evans et Louis Dupin pour leur apparition sur la couverture, Huw Bryant pour sa participation aux enregistrements et enfin David Juda du site *Veotica*, qui a aimablement mis à notre disposition les enregistrements des poèmes de Shel Silverstein.

Édition : Virginie Soubelet, Claudine Varin

Responsable éditoriale : Catherine Laurent

Chef de studio : Christelle Daubignard

Conception maquette intérieure : Anne-Danielle Naname – Adeline Calame

Conception couverture : Nicolas Piroux

Mise en page : Anne-Danielle Naname – Adeline Calame

Illustrations : Sylvie Eder, Johanna Crainmark, Pierre Botherel, Laurent Audoin, Jan Bielecki

Cartes : Johanna Crainmark

Iconographie : Julia Chiron, Maria Mora

Photogravure : Anne-Danielle Naname

IMPRIM'VERT Votre imprimeur agit pour l'environnement

PAPIER À BASE DE FIBRES CERTIFIÉES

éditions didier s'engage pour l'environnement en réduisant l'empreinte carbone de ses livres. Celle de cet exemplaire est de : 950 g éq. CO_2 Rendez-vous sur www.editionsdidier-durable.fr

© Les Éditions Didier, Paris, 2021 - ISBN: 978-2-278-10294-5 - Dépôt légal : 10294-5/03
Achevé d'imprimer en Italie par L.E.G.O. S.p.a. (Lavis) en juillet 2023

WELCOME !

Bienvenue en 6e et bienvenue en cours d'anglais ! Que tu aies déjà fait de l'anglais à l'école primaire ou que ce soit une nouveauté pour toi, nous allons t'aider à prendre tes marques. Cette année tu vas :

• Découvrir d'autres cultures

Tu as sûrement beaucoup de questions à propos du monde anglophone. Les Américains fêtent-ils Halloween comme on le voit dans les films ? Les Britanniques ont-ils les mêmes traditions que nous à Noël ? À quoi ressemble le quotidien d'un adolescent en Californie ? Tu vas découvrir tout ceci grâce à des témoignages de jeunes anglophones, mais aussi à travers des poèmes, des chansons, des pages de romans jeunesse et des extraits de films.

• Mener des projets captivants

Tu écouteras et liras un anglais authentique, et tu participeras à des activités motivantes avec tes camarades : imaginer une liste de fournitures scolaires délirante, créer un personnage imaginaire, enquêter sur de sacrées sorcières ou encore passer un test pour devenir Junior Ranger !

C'est parti pour l'aventure « collège »... Prépare-toi à découvrir le monde anglophone !

• Acquérir les bons réflexes en anglais

E for English te permettra également de réfléchir à la manière dont tu travailles et progresses en anglais : comment fais-tu pour comprendre ? Et pour t'exprimer ? Plus tu prendras conscience de tes stratégies, plus tu deviendras confiant(e) et autonome.

• Écouter de l'anglais tous les jours

Pour finir, nous te lançons un défi : celui d'écouter quelques minutes d'anglais tous les jours, grâce aux nombreux audios et vidéos que nous te proposons. Tu progresseras à vitesse grand V ! On en reparle en juin ?

Nous te souhaitons une année d'anglais joyeuse et enrichissante, avec beaucoup d'échanges et de découvertes !

Les auteurs

4 leçons
pour voir ou revoir les bases de l'anglais

PROJECT 1

Welcome to English class! p. 12-29

Découvertes culturelles
- Les pays anglophones (première approche)
- Un groupe mythique : les Beatles. La chanson *Hello, Goodbye*

LESSON 1
Nice to meet you!

Vocabulaire L'identité • Les pays et nationalités
Les nombres
Grammaire Le verbe *BE* au Présent : *am, is*
Prononciation L'accent de mot

- Comprendre de jeunes anglophones qui se présentent
- Se présenter à la classe
- Compléter une fiche d'identité

MINI TASK!
S'inventer une nouvelle identité et se présenter

LESSON 2
Let's sing!

Vocabulaire Les salutations • La musique
Grammaire Les pronoms *I, you, they*
Le verbe *BE* au Présent : *are*
Prononciation L'accentuation dans la phrase

- Comprendre des informations sur les Beatles
- Faire la fiche d'identité du groupe. Compléter les paroles de *Hello, Goodbye*
- Écouter puis chanter à son tour

MINI TASK!
Singing battle à deux équipes sur la chanson *Hello, Goodbye* !

Découvertes culturelles
- Le livre illustré *Diary of a Wimpy Kid*
- Le poème "School Supplies", de Kenn Nesbitt

LESSON 3
All about me!

Vocabulaire Les centres d'intérêt
Grammaire *There is / There are*
Prononciation L'intonation de la phrase en anglais

- Comprendre les centres d'intérêts de jeunes anglophones

MINI TASK!
Illustrer ses centres d'intérêts et les présenter à la classe

LESSON 4
What's in your schoolbag?

Vocabulaire Le matériel scolaire • Les couleurs
Grammaire L'article *a (an)*
Prononciation Le son /ə/

- Comprendre un jeune anglophone qui décrit le contenu de son cartable
- Nommer le matériel scolaire
- Découvrir le poème "School Supplies", de Kenn Nesbitt

MINI TASK!
Créer sa liste de matériel scolaire à la manière de Kenn Nesbitt

ACTIVITÉS NUMÉRIQUES

Pour jouer en classe
- Spot where I live!
- *Hello, Goodbye* karaoke

5 MINUTE ENGLISH

Pour s'entraîner à la maison
- Basics: Identity, Countries and nationalities, Numbers, Colours
- At school: School things
- Hobbies
- Food

7 chapitres courts
pour aborder le cœur de l'année de 6e

PROJECT 2

Have a spooky Halloween! p. 31-42

Découvertes culturelles
- Les traditions d'Halloween aux États-Unis
- Un poème de Shel Silverstein sur les bonbons d'Halloween

LESSON 1
Get ready for a spooky day!

Vocabulaire Traditions, décorations et costumes d'Halloween
Grammaire L'impératif
Prononciation *Trick or treat?* Les sons /ɪ/et /iː/

- Comprendre des témoignages sur la préparation d'Halloween
- Nommer des décorations et activités
- Comprendre une affiche
- Décrire ses activités préférées

MINI TASK!
Proposer des activités pour célébrer Halloween en classe

LESSON 2
Discover Halloween treats

Vocabulaire Les friandises d'Halloween
Grammaire Le verbe *HAVE* au Présent simple
Prononciation *Halloween* : le « h » expiré

- Découvrir un poème de Shel Silverstein
- Réciter quelques vers
- Comprendre de jeunes américains qui décrivent le contenu de leur panier d'Halloween
- Lister le contenu de son panier d'Halloween

MINI TASK!
Apprendre à jouer à un jeu de cartes d'Halloween

FINAL TASK!
Préparer des cartes et jouer au *"Halloween game"*

NEED HELP? Parler de manière fluide

ACTIVITÉS NUMÉRIQUES

Pour jouer en classe
Halloween memory games

5 MINUTE ENGLISH
Pour s'entraîner à la maison
Food: Desserts and sweets

PROJECT 3

Welcome to the world of Tom Gates p. 43-54

Découvertes culturelles
- L'école, la famille et les amis au Royaume-Uni
- Le livre *The Brilliant World of Tom Gates*, de Liz Pichon

LESSON 1
Discover Tom and his family

Vocabulaire La famille et les amis • Les adjectifs de personnalité
Grammaire Les déterminants possessifs *my, his*
Prononciation *father, teacher* : la terminaison *-er*

- Comprendre la présentation d'un roman et de ses personnages
- Parler des personnages de *Tom Gates*
- Compléter des informations sur la famille et l'entourage de Tom Gates

MINI TASK!
Jeu de questions-réponses sur la famille !

LESSON 2
Play with Tom

Vocabulaire L'entourage • La description physique
Grammaire Le génitif • Les déterminants possessifs
Prononciation *Tom's friends, Alice's husband* : prononcer «'s »

- Découvrir des pages du livre *The Brilliant World of Tom Gates*
- Comprendre des descriptions de personnages

MINI TASK!
Faire deviner de quel personnage on parle

FINAL TASK!
Créer un personnage pour le prochain livre de la série *Tom Gates* et le présenter à la classe

NEED HELP? S'entraîner à bien prononcer

ACTIVITÉS NUMÉRIQUES

Pour jouer en classe
This is my family!

5 MINUTE ENGLISH
Pour s'entraîner à la maison
- Family & friends
- At school
- Personality
- Physical description

7 chapitres courts
pour aborder le cœur de l'année de 6^e^

PROJECT 4

Christmas time with the royal family

p. 55-66

Découvertes culturelles
- Les traditions de Noël au Royaume-Uni
- La famille royale britannique

LESSON 1
A royal Christmas holiday

Vocabulaire	Les traditions de Noël • La royauté
Grammaire	Le Présent simple (forme affirmative)
Prononciation	*Christmas tree* : l'accentuation des noms composés

Découvrir les traditions de Noël de la famille royale

MINI TASK!
Créer un poster pour présenter une fête célébrée dans sa famille

LESSON 2
Merry Christmas your majesty!

Vocabulaire	Les traditions de Noël
Grammaire	Le Présent simple (formes négative et interrogative)
Prononciation	L'intonation des questions fermées

Comprendre une lettre de Noël adressée à la reine

MINI TASK!
Faire un quiz sur les traditions de Noël au Royaume-Uni

FINAL TASK!
Écrire une lettre de Noël à un membre de la famille royale

NEED HELP? Écrire une lettre en anglais

ACTIVITÉS NUMÉRIQUES
Pour jouer en classe
Christmas games

PROJECT 5

Meet the Witches

p. 67-78

Découvertes culturelles
- L'univers de l'œuvre de Roald Dahl *The Witches* à travers deux adaptations : un livre et un film
- Les personnages de sorciers dans la fiction britannique

LESSON 1
Witches are real!

Vocabulaire	Les vêtements et accessoires
Grammaire	Les adjectifs qualificatifs
Prononciation	*old, clothes* : le son /əʊ/

Lire et écouter des extraits de *How to Avoid Witches*
Relever des informations sur les sorcières

MINI TASK!
Préparer un *wanted poster* pour démasquer un sorcier célèbre

LESSON 2
How to spot a witch

Vocabulaire	L'apparence physique • La personnalité
Grammaire	Les questions au Présent simple
Prononciation	*Where do they live?* : l'intonation des questions ouvertes

Comprendre le trailer du film *The Witches*
Annoter un portrait-robot
Lire un quiz et le compléter

MINI TASK!
Préparer un quiz sur les sorcières et défier ses camarades !

FINAL TASK!
Jeu de rôle : interroger un témoin pour démasquer *The Grand High Witch*

NEED HELP? Poser des questions et y répondre

ACTIVITÉS NUMÉRIQUES
Pour jouer en classe
Which witch is which?

5 MINUTE ENGLISH

Pour s'entraîner à la maison
- Physical description
- Clothes
- Personality

PROJECT 6

California kids

p. 79-90

Découvertes culturelles
- La vie quotidienne de jeunes Américains
- La culture de « la glisse » en Californie

LESSON 1

Surf, skate, and more!

Vocabulaire Les loisirs • La personnalité
Grammaire Le nom en V + *-ing* (1)

- Découvrir les loisirs de jeunes Californiens passionnés de « glisse »
- Rédiger le portait d'une jeune championne

MINI TASK!
Décorer son skateboard avec ses activités californiennes préférées et le présenter à la classe

LESSON 2

California Life

Vocabulaire Les loisirs • Les moments de la journée et de la semaine
Grammaire Les adverbes de fréquence

- Découvrir le mode de vie de jeunes Californiens

MINI TASK!
Illustrer la vie quotidienne d'un jeune surfeur en faisant parler les personnages

FINAL TASK!
Imaginer, illustrer et présenter sa vie d'adolescent en Californie

NEED HELP? Passer de la phrase au paragraphe

ACTIVITÉS NUMÉRIQUES

Pour jouer en classe
Mind the bomb!

5 MINUTE ENGLISH

Pour s'entraîner à la maison
- Hobbies and personality
- Sports
- Friends

PROJECT 7

Visit London with Paddington

p. 91-102

Découvertes culturelles
- Londres, ses lieux emblématiques et ses activités touristiques
- L'ours Paddington et l'art de vivre à l'anglaise !

LESSON 1

This is London!

Vocabulaire Les lieux et monuments • Les prépositions de lieu
Prononciation *zoo, museum* : bien prononcer des mots proches du français

- Découvrir Londres à travers le film *Paddington 2*
- Identifier quelques monuments emblématiques d'après leur description
- Compléter les pages d'un guide sur Londres

MINI TASK!
Jouer à « hide and seek » pour localiser Paddington dans Londres

LESSON 2

Paddington's day out in London!

Vocabulaire La ville • Les activités
Grammaire *CAN* • Le nom en V + *-ing* (2)
Prononciation *CAN*

- Comprendre des messages du compte Twitter de Paddington
- Légender un album photo

MINI TASK!
***Guessing game* sur des lieux emblématiques de Londres**

FINAL TASK!
Écrire à Paddington pour lui recommander des activités et des visites à Londres

NEED HELP? Faire un brouillon efficace avant d'écrire

ACTIVITÉS NUMÉRIQUES

Pour jouer en classe
Where is Paddington?

5 MINUTE ENGLISH

Pour s'entraîner à la maison
In the city

PROJECT 8

Have fun with art

p. 103-114

Découvertes culturelles
- Deux grands peintres américains : Grant Wood et Norman Rockwell

LESSON 1

Kids explain art to experts

Vocabulaire	La description d'une œuvre
Grammaire	Le Présent *BE* + V-*ing* (forme affirmative)
Prononciation	*guessing, looking* : la terminaison *-ing*

- Découvrir le tableau *American Gothic* à travers une émission pour enfants et une interview
- Légender le tableau et le décrire

MINI TASK!
Créer une version détournée de *American Gothic* et la présenter à la classe

LESSON 2

Paintings tell stories

Vocabulaire	Les verbes d'action
Grammaire	Le Présent *BE* + V-*ing* (formes négative et interrogative)
Prononciation	*walk, listen* : les lettres muettes

- Découvrir le tableau *Day in the Life of a Little Girl*, de Norman Rockwell
- Compléter des bulles de BD pour faire parler les personnages du tableau

MINI TASK!
***Guessing game* sur un autre tableau de Rockwell**

FINAL TASK!

Décrire et illustrer ses activités quotidiennes pour les faire deviner à ses camarades

NEED HELP? Organiser son travail d'écriture

ACTIVITÉS NUMÉRIQUES

Pour jouer en classe
Play with art!

5 MINUTE ENGLISH

Pour s'entraîner à la maison
- Art
- Daily routine

Les chapitres 1 à 8 permettent d'aborder le cœur de l'année de 6e.

Les deux chapitres qui suivent permettent de se préparer à l'année de 5e et de réviser certains points.

2 chapitres courts
pour aller un peu plus loin

PROJECT 9

Junior Rangers

p. 115-126

Découvertes culturelles
- Les parcs nationaux américains
- Les *Junior Rangers* et la protection de la nature

LESSON 1

Discover Junior Rangers

Vocabulaire Protéger la nature
Grammaire *WILL*
Prononciation *National park* : les sons /æ/ et /ɑː/

- Découvrir les *Junior Rangers* à travers un témoignage
- Comprendre et illustrer le serment du *Junior Ranger*

MINI TASK!
Réciter le serment du *Junior Ranger*

LESSON 2

Discover American National Parks

Vocabulaire La nature et les animaux
Grammaire *MUST*
Prononciation *MUST / MUSTN'T*

- Découvrir trois grands parcs nationaux américains
- Légender des photos de parcs. Écrire un commentaire pour partager ses impressions

MINI TASK!
Rédiger une page pour le livret des *Junior Rangers*

FINAL TASK!

Passer des épreuves pour recevoir son certificat de *Junior Ranger*

NEED HELP? Mémoriser ce que l'on veut dire

ACTIVITÉS NUMÉRIQUES

Pour jouer en classe
Take a quiz!

5 MINUTE ENGLISH
Pour s'entraîner à la maison
- Go green
- Animals

PROJECT 10

Coming to America

p. 127-138

Découvertes culturelles
- Premier aperçu de l'histoire des immigrants aux États-Unis, hier et aujourd'hui

LESSON 1

Stories of Yesterday

Vocabulaire Les verbes d'action • Le voyage et l'immigration
Grammaire Le Prétérit (1) : verbes réguliers + *BE*
Prononciation *emigrated, stopped* : la terminaison *-ed*

- Écouter un audioguide sur l'histoire des immigrants aux États-Unis
- Comprendre des légendes de photos
- Compléter le livret d'activités du musée d'Ellis Island

MINI TASK!
Enregistrer un audioguide pour présenter une photo

LESSON 2

Stories of Today

Vocabulaire Les émotions
Grammaire Les verbes irréguliers au Prétérit
Prononciation *I was so excited* : marquer l'insistance à l'oral

- Lire le témoignage d'une jeune Mexicaine qui a émigré aux États-Unis
- Compléter sa fiche d'identité

MINI TASK!
Découvrir un jeune Américain issu de l'immigration et rédiger sa fiche d'identité

FINAL TASK!

Imaginer et illustrer un récit d'immigration

NEED HELP? Écrire une histoire au passé

ACTIVITÉS NUMÉRIQUES

Pour jouer en classe
Spot the odd one!

5 MINUTE ENGLISH
Pour s'entraîner à la maison
Hobbies & personality : Feelings

En fin de manuel

CLASS GAMES

Des activités
pour jouer en classe

Get better at ...

Des entraînements
et des conseils pour
progresser à l'oral
et à l'écrit

Grammar Essentials

Les essentiels
de la grammaire en 6e

Dans ton workbook

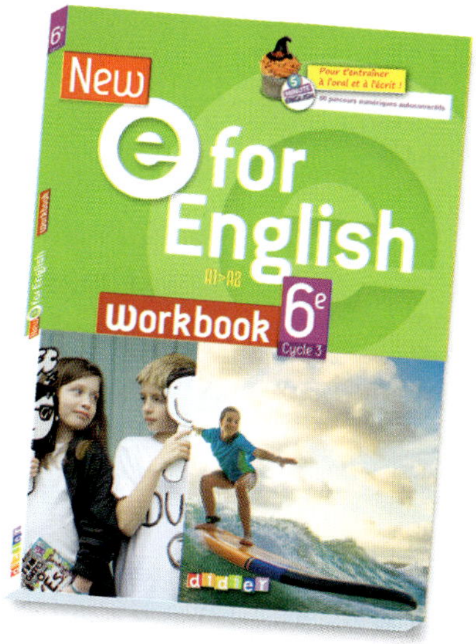

Pour chaque chapitre

Des supports motivants prêts à l'emploi pour les activités de classe

Des fiches « Mémo grammaire » à compléter et à coller dans ton cahier

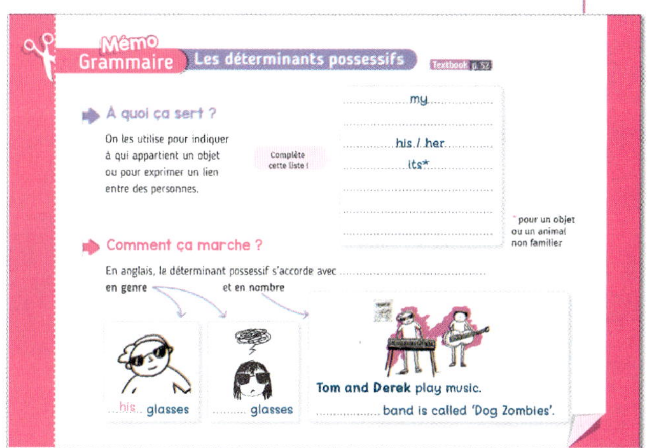

Des exercices de vocabulaire et de grammaire pour t'entraîner à la maison

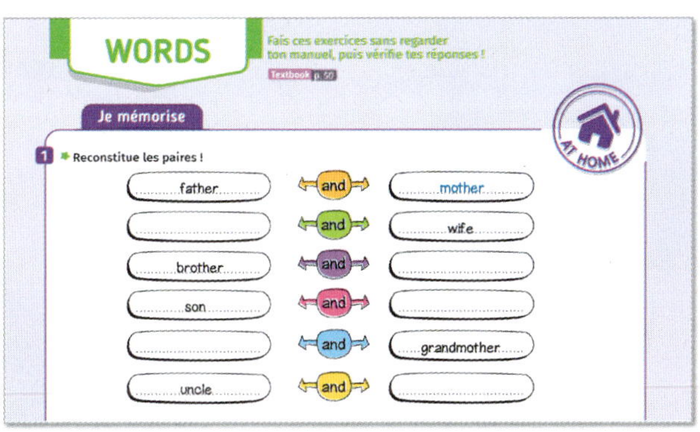

Des enregistrements courts et amusants pour progresser en compréhension de l'oral

AT HOME

4 leçons pour voir ou revoir les bases de l'anglais en s'amusant !

LESSON 1

p. 14

Fais connaissance avec des jeunes anglophones et avec tes camarades.

Nice to meet you!

JEU NUMÉRIQUE
Spot where I live!

LESSON 2

p. 18

Découvre un groupe mythique et chante avec ta classe !

Hello, Goodbye!

JEU NUMÉRIQUE
Karaoke

LESSON 3

p. 22

Parle de ce que tu aimes.

Weekends! Food! Movies!

LESSON 4

p. 26

Crée ta liste idéale de matériel scolaire.

Pens, books... and my favourite snack!

PROJECT

1

Welcome to English class!

LESSON 1

Nice to meet you!

1 Hello from the UK!

VIDEO efe6004
River

VIDEO efe6005
Emily

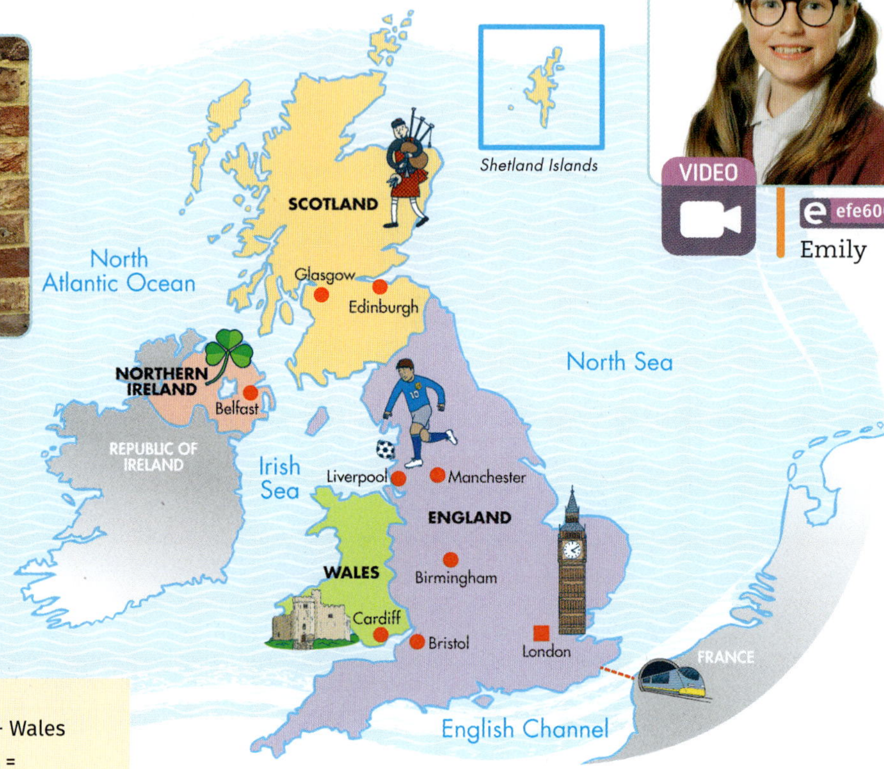

Great Britain =
England + Scotland + Wales
The United Kingdom =
Great Britain + Northern Ireland

1. **Look at the maps on p. 14-15 and listen to the recording.** efe6006
   Can you spot the countries mentioned?

2. **Watch the videos.**
   a. Find out information about these children.
   place of residence | age | class
   b. Complete their identity cards and spot their cities on the maps. WB p. 4-5

3. **What about *you*?**
   Play 'chainspeaking' with the class!

> My name is Sami.
> I'm 11 and I live in Orléans.
> What's *your* name?

Time to write Complete Emily's introduction. WB p. 6

Here & There Class levels

Age	UK	France	USA
10-11	Year 6	CM2	5th grade
11-12	Year 7	6^{e}	6th grade
12-13	Year 8	5^{e}	7th grade

2 Hello from the USA!

VIDEO

efe6007

Grace

VIDEO

efe6008

Noah

MINI TASK

My new identity!

1. Choose your identity:

name? age? country?

2. Introduce yourself to the class.

Hi! My name is Andrew.
I'm 13 and I'm from Scotland.
What's *your* name?

Dans cette leçon, tu as appris :

Vocabulaire
- L'identité
- Les pays et les nationalités
- Les nombres

→ Entraîne-toi p. 16

Grammaire
- Le verbe ***BE*** au Présent
  – 1re et 3e personnes du singulier : *am, is*

→ Entraîne-toi p. 17

WORDS

Identity

efe6009

name / **first** name /ɜː/

surname /ɜː/

age /eɪ/

Numbers

efe6011

0	zero	17	seven**teen**
1	one	18	eigh**teen**
2	two	19	nine**teen**
3	three	20	**twen**ty
4	four	21	twenty-one
5	five	22	twenty-two
6	six	30	**thir**ty
7	**se**ven	40	**for**ty
8	eight	50	**fif**ty
9	nine	60	**six**ty
10	ten	70	**se**venty
11	e**le**ven	80	**eigh**ty
12	twelve	90	**nine**ty
13	thir**teen**	100	a **hun**dred / one **hun**dred
14	four**teen**		
15	fif**teen**		
16	six**teen**	101	a **hun**dred and one

Countries and nationalities

efe6010

The U**ni**ted **King**dom (The U.K.) /aɪ/

I'm British.

Scotland — I'm Scottish.

Northern Ireland /aɪə/ — I'm from Northern Ireland.

England — I'm English.

Wales /eɪ/ — I'm Welsh.

The U**ni**ted **Sta**tes of America (The U.S.A.) /aɪ/

I'm American.

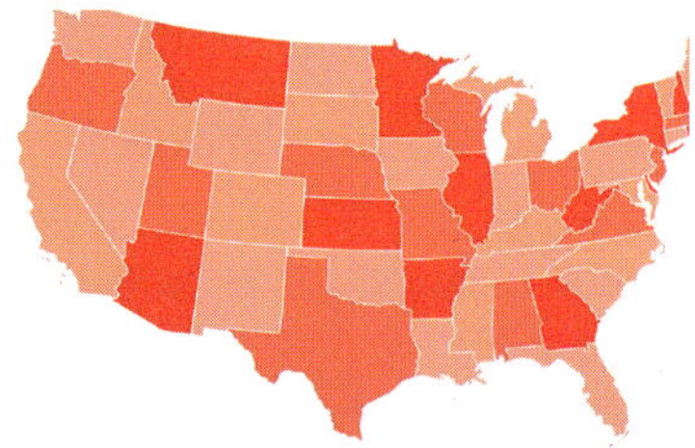

1 Nomme au moins trois pays composant le Royaume-Uni.

2 Résous ces opérations en anglais.

1. two + five = …	**4.** fourteen + one = …
2. three x three = …	**5.** seven – six = …
3. fifty + eight = …	**6.** thirty-two – three = …

Mets les chiffres obtenus les uns à la suite des autres… tu obtiendras un code secret à donner à ton professeur au prochain cours !

+ d'exercices WB p. 7-8

Pronunciation

3 Écoute et répète ces mots en faisant bien attention à l'accentuation. efe6012

Emily – seven – London – England – eleven
America – California – The United Kingdom

4 Écoute et entraîne-toi à prononcer ces phrases en respectant l'accentuation des mots de plus d'une syllabe. efe6013

Hi! My name is **Ja**mie. I'm thir**teen** and I'm from **Lon**don!

L'accent de mot
En anglais, dans chaque mot d'au moins deux syllabes, une syllabe est accentuée :
London – eleven

GRAMMAR *BE* au Présent

Lorsque je me présente, je peux utiliser le verbe *BE* :

- Pour dire qui je suis
  I am Grace. My name is Grace.
- Pour dire mon âge
  I am 11. I am eleven years old.
- Pour dire d'où je viens
  I am from Connecticut. I am American.

À l'oral, il est courant de 'contracter' le verbe ***BE***.

am = 'm	is = 's

I'm Grace. My name's Grace.
I'm 11 and I'm American.

Question time!
***What's** your name?*

5 Complète ces phrases avec la forme appropriée de ***BE***.

My name ... Chris. I'... 17 years old.
I'... from Wales. What'... your name?

6 Tu écris à ton/ta correspondant(e) pour la première fois. Présente-toi dans une lettre.

Dear Jenna, ...

+ d'exercices WB p. 9

Early finishers

Choose your activities!

Acting time!

- Choisis un des jeunes anglophones rencontrés dans cette leçon.
- Réécoute sa présentation et répète-la aussi fidèlement que possible.
- Entraîne-toi à jouer son rôle !

Guess who?

Devine qui se cache derrière chaque bulle.

I'm a wizard. I'm 11. I live at Hogwarts.
I'm H... P...

I'm a superhero. I'm 17 years old.
I live in New York. I'm like a spider.
I'm S.... -M....

I'm an ex-President. I'm 60 years old.
I live in Washington DC, in the USA.
I'm B.... O....

Spot the state

Sur la carte des États-Unis p. 15, trouve les états à l'aide des indices suivants. Combien parviendras-tu à en trouver en 1 minute ?

1. On the map, it's pink. The symbol is a cowboy.
2. It's orange. The symbol is a baseball.
3. It's blue. The symbol is a guitar.
4. It's green. The symbol is an orange.
5. It's orange. The symbol is a surf board.

LESSON 2

Let's sing!

1 Discover a famous music band!

1 **Look at the collage.** Take the quiz about the Beatles!

True ✔ or false ✘ ?

- ☐ **a.** The Beatles are from the USA.
- ☐ **b.** They are from London.
- ☐ **c.** They are all men.
- ☐ **d.** They are from the 1990s.

Time to write Recap what you know about the Beatles.

2 **Spotify challenge!** e efe6014
Here are some famous Beatles songs.
Listen and complete the titles with the following words:

Jude **Be** **Love** **Yellow**

- ♡ **The ... Submarine**
- ♡ **Hey ....**
- ♡ **All You Need Is ...**
- ♡ **Let It ....**

2 Sing along to the music!

Hello Goodbye

You say "Yes", I say "No"
You say "Stop" and I say "Go, go, go"
Oh no
You say "Goodbye", and I say "Hello, hello, hello"
I don't know why you say "Goodbye", I say "Hello, hello, hello"
I don't know why you say "Goodbye", I say "Hello"
[...]

AUDIO

efe6015
Hello, Goodbye
The Beatles, 1967
(reprise)

1. **Listen to the song.** Raise your hand when you hear "hello" and "goodbye"!
2. **Mime the words you understand.**

You say, "Yes"

3. **Listen and sing along.**

Time to write Complete the lyrics. WB p. 10

MINI TASK!

Singing battle!

1. **Make two teams.**
2. **In turns, sing parts of "*Hello, Goodbye*".**

You say "yes"
I say "no"

-You say "stop"
And I say "go, go, go!"

Dans cette leçon, tu as appris :

Vocabulaire
- Les salutations
- La musique

→ Entraîne-toi p. 20

Grammaire
- Les pronoms *I*, *you* et *they*
- Le verbe ***BE*** au Présent : *are*

→ Entraîne-toi p. 21

WORDS

Greetings efe6016

He**llo**!
Hi! Hey!

Bye! **Good**bye!
See you **la**ter!
See you to**mo**rrow!

Good **mor**ning / **Mor**ning!

Good after**noon**
/uː/

Good **e**vening
/iː/

Music efe6017

listen (to a song)
/'lɪsn/

sing (along)

a band

1 ★ **Que dis-tu…**

1. Pour saluer un professeur que tu rencontres l'après-midi ?
2. Pour dire bonjour à ton meilleur ami ?
3. Pour dire bonjour à ta famille le matin ?
4. Pour dire « à demain » ?

2 ★★ **Complète ces phrases de façon logique. Joue avec un camarade et voyez si vous avez choisi les mêmes mots !**

1. I say "no", you say…
2. I say "good morning", you say…
3. I say "hello", you say…
4. I say "why", you say…
5. I say "sing", you say…

+ d'exercices WB p. 12

Pronunciation

L'accentuation dans la phrase efe6018

Dans une phrase en anglais, seuls les mots les plus importants sont accentués.

Ce sont les mots que l'on entend le mieux !

*The **Bea**tles are from **Li**verpool.*

3 ★ **Écoute bien cette phrase.** efe6019
Entraîne-toi à la prononcer en imitant l'accentuation.

*"**Hey Jude**" is a **fa**mous **song** by the **Beat**les.*

4 ★★ **Écoute et entraîne-toi à prononcer ce court dialogue.** efe6020

Hello! I'm Jamie. I live in Liverpool and I'm 10 years old. What's your name?

My name's Jessie. Nice to meet you!

GRAMMAR Les pronoms personnels

Pour désigner des personnes, on utilise des pronoms personnels, comme en français.

- Pour parler de moi, j'utilise *I*.

  I say "hello".

- Pour désigner la ou les personnes auxquelles je m'adresse, j'utilise *you*.

  You say "goodbye".

- Pour désigner un ensemble d'autres personnes, j'utilise *they*.

  They are from Liverpool.

je tu / vous ils / elles	I you they

L'anglais n'utilise qu'un seul pronom, *you*, pour la 2e personne, au singulier comme au pluriel.

I am... / I'm
You are... / You're
They are... / They're

5 ★★ **Mais de qui parle-t-on ? Choisis entre les pronoms *I*, *you* et *they*.**

1. ... am from France and ... are from England.
2. Are ... a singer?
3. ...'m fourteen. How old are ..., Liam?
4. Debbie and Audrey are from Manchester. ... are both twelve years old.

Aide-toi de la conjugaison du verbe *BE* !

+ d'exercices WB p. 13

Early finishers

Choose your activities!

Find the message

Sépare les mots, puis ajoute la ponctuation et les majuscules nécessaires.

goodmorningmynameis tomwhatisyourname

Singing time

Choisis une des chansons du *Spotify challenge* p. 18 et entraîne-toi à en répéter le refrain.

Let's be polite!

Combien d'expressions arriveras-tu à reconstituer à partir de ces mots ?

afternoon · why · know · ? · don't · morning · name · evening · Good · your · . · What · I · is · !

All about me!

1 Get to know Greg!

From *The Wimpy Kid Do-It-Yourself Book*, by Jeff Kinney

AUDIO

efe6021 What's in Greg's brain?

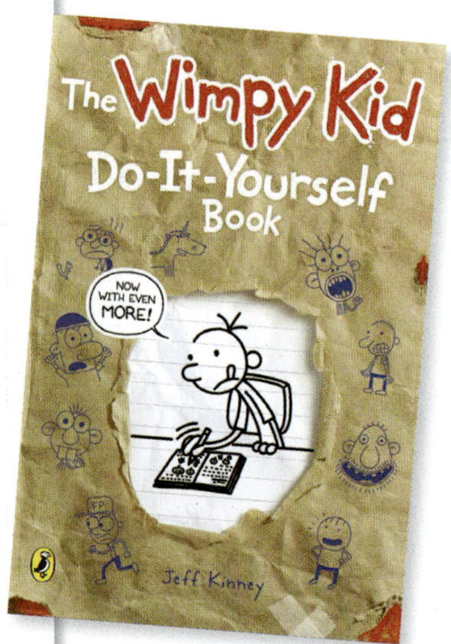

1 **Listen to David talking about Greg's brain.**
Look at the picture. Can you spot the words you hear?

2 **Take a closer look at Greg's brain.**
a. Imagine examples for each category. WB p. 14
b. What words are also in ***your*** brain?
Circle them in your workbook and share one word with the class.

2 Food, friends and music!

①②③ Dessins librement inspirés de *The Wimpy Kid* pour illustrer les propos des élèves

AUDIO efe6022 Get to know Laura, Martin and Neve!

1 Challenge!

a. Look at the three pictures closely.

b. Listen to Laura, Martin and Neve and spot their brains!

2 Listen to Emily. efe6023

Draw her brain. 🙂 WB p. 14

MINI TASK!

Get to know me!

1. **Draw your brain.**
   a. Write different categories and examples.
   b. Illustrate them.
2. **Present your drawing to the class.**

Dans cette leçon, tu as appris :

Vocabulaire

• Les centres d'intérêt
→ Entraîne-toi p. 24

Grammaire

• *There is* / *There are*
→ Entraîne-toi p. 25

WORDS

Interests and hobbies efe6024

food

family

friends

animals, pets

school
/uː/

books / **rea**ding
/ʊ/ /iː/

films / **mo**vies
/uː/
cinema, TV
/tiːˈviː/

art
/ɑːt/

games,
video games

music
/juː/

dancing

sports

sleep
/iː/

1 ★ **Relie chaque exemple à sa catégorie.**
Minecraft – hot dogs – karate – *Mission Impossible* – teacher

FOOD

SPORTS

SCHOOL

VIDEO GAMES

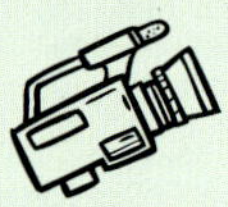
MOVIES

2 ★★ **Dans chaque liste, trouve l'intrus et remplace-le par un mot qui convient mieux.**

1. food – pizza – football
2. family – music – friends
3. games – video games – school
4. pets – movies – TV

+ d'exercices WB p. 15-16

Pronunciation

L'intonation de la phrase en anglais efe6025

L'intonation est la façon dont la voix d'une personne monte ou descend dans une phrase, un peu comme des notes de musique sur une partition.

What's in your brain? *There's food and sleep. And you?*

L'intonation descend généralement dans les questions commençant par Wh- (*What, Where…*) et dans les phrases déclaratives.

3 ★ **a. Écoute ces phrases.** efe6026

What's in the fridge?

There's soup and pizza.

b. Entraîne-toi à les prononcer en imitant l'intonation.

4 ★★ **Écoute ce dialogue.** efe6027
Repère bien les variations de l'intonation, puis entraîne-toi à le jouer.

Hello! What's your name?

Hi, my name is Tom.

Do you speak Spanish?

Yes, a little bit.

GRAMMAR There is... / There are...

Pour indiquer la présence de quelqu'un ou de quelque chose, on peut utiliser *there is* ou *there are*.

Le verbe ***BE*** s'accorde avec le premier mot qui le suit.

There → *is* + (premier mot **singulier**)

There → *are* + (premier mot **pluriel**)

"In my brain, there is music and movies."

"In my brain, there are video games."

5 **Choisis un des cerveaux représentés p. 22-23.** Décris-le à ton voisin. Saura-t-il reconnaître à qui il appartient ?

6 **Réponds à la question !**

What's in the fridge?

In the fridge, there is ... / there are ...

1. ... pizza.
2. ... eggs.
3. ... bananas.
4. ... ketchup.
5. ... fish and tomatoes.
6. ... two cans of soda.

+ d'exercices WB p. 17

Early finishers

Choose your activities!

A famous brain!

- Choisis un personnage ou une célébrité.
- Dessine son cerveau.
- Montre-le à un camarade. A-t-il deviné de qui il s'agit ?

Guess who?

Devine à qui appartient ce cerveau !

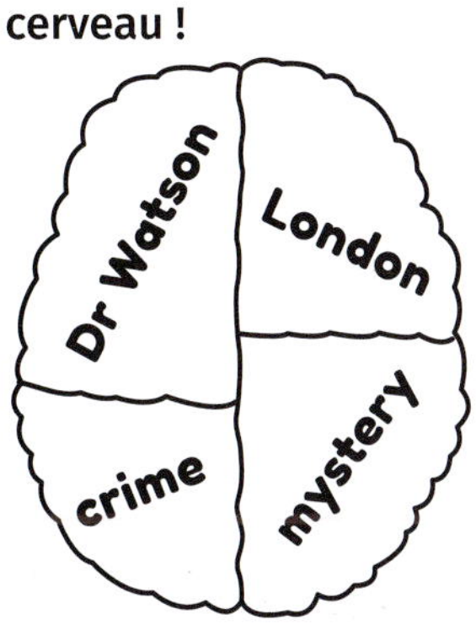

Dessins librement inspirés de *The Wimpy Kid*

What's in your schoolbag?

1 In my schoolbag, there is...

VIDEO | efe6028 River shows us his schoolbag

1. **Look at the picture.**
   Can you name some of these school objects?
2. **Watch the video.**
   a. Remember what is in the schoolbag? Discuss it with your classmate.
   b. Watch again and memorize the words.

Time to write Label the school supplies. WB p. 18

3. **Chainspeaking**
   Play "In my schoolbag" with your class!

2 School shopping list...

School Supplies

Backpack.
Fruit snack.
Waterbottle too.
Calculator.
French Translator.
Pink eraser.
Glue.

Notebooks.
Workbooks.
Poster paper.
Pens.
Dictionary.
Stationery.
Presents for my friends.

Lunchbox.
Tube socks.
Watercolors.
Tape.
Yellow pencils.
Plastic stencils.
One for every shape.

Wristwatch.
Stopwatch.
Cell phone.
DVD.
New computer.
Motorscooter.
Giant screen T.V.

That's my list
of all I need to buy.
I never knew
a shopping list
could make my mother cry.

Kenn Nesbitt (2007)

1. **Read and listen along up to line 7.** efe6029
   Does it correspond to the title?
2. **Read and listen along up to line 28.** *Need help?* WB p. 19
   a. What do you think now?
   b. Imagine the parents' reactions to the list: angry? amused?
3. **Read to the end and check.**
4. **Practise reciting the poem in teams.**

MINI TASK

Create your own crazy list!

1. **Think of your ideal list of school supplies.**
2. **Organize your list to make a poem and illustrate it.**
   Try to find some rhymes if you can.
3. **Read your poem to the class!**

Dans cette leçon, tu as appris :

Vocabulaire
- Le matériel scolaire
- Les couleurs

→ Entraîne-toi p. 28

Grammaire
- L'article *a* (*an*)

→ Entraîne-toi p. 29

WORDS

School things

efe6030

a book
/ʊ/

a **note**book

a **work**book
/ɜː/

a **text**book

a **pen**cil **case**
/s/

scissors

an **er**aser
/eɪ/

a **pen**cil

a pen

an **ink** pen

a **pen**cil **shar**pener

a **high**lighter

a **school**bag
/uː/

a **glue** stick
/uː/

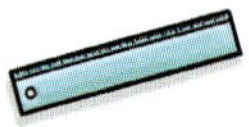
a **ru**ler
/uː/

a com**pu**ter
/juː/

Colours

efe6031

red – **or**ange
yellow – green
light blue – **dark** blue
purple – pink
brown – white
grey – black

1 ★ ***Flags!*** **Connais-tu bien les drapeaux du monde ?**
Quelles sont les couleurs des drapeaux de ces pays ?

The U.S.A. | Italy | China | Canada | Ireland | Brazil

2 ★★ **Tous ces objets sont de vraies fournitures scolaires !**
Essaie de deviner de quoi il s'agit en interrogeant ton professeur.

Is picture 2 a pen?
No, it's not...

1

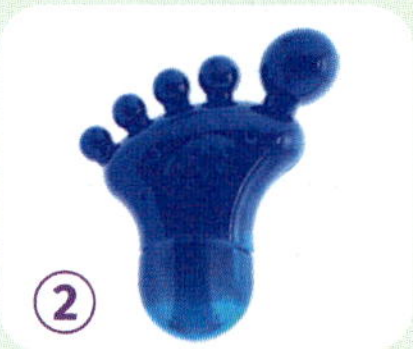
2

3

4

5

+ d'exercices WB p. 20

Pronunciation

Le son /ə/ efe6032

- Tu as vu qu'en anglais, dans un mot de plusieurs syllabes il y a toujours une **syllabe accentuée**.
- Les autres syllabes sont non accentuées. Parfois on les entend à peine car elles sont « réduites ».

*teach**er*** /ə/ | ***ru**ler* /ə/ | ***cal**culat**or*** /ə/

Les terminaisons -er ou -or sont le plus souvent réduites.

3 ★ **Écoute ces mots du poème p. 27.** efe6033
Entraîne-toi à les prononcer en réduisant bien la terminaison ***-er*** **ou** ***-or*****.**

eraser – calculator – pencil sharpener – new computer – poster paper

4 ★★ **Écoute à présent un petit dialogue.** efe6034
Entraîne-toi à le répéter.

Sally, what's in your pencil case?

There's a ruler, a pencil sharpener, pens and pencils, a highlighter and an eraser.

GRAMMAR L'article *a* (*an*)

- Il s'emploie un peu comme *un/une* en français :

In my bag, there is a ruler.

Dans mon cartable, il y a ***une*** *règle.*

- Pour faire la liaison, on emploie *an* devant un son voyelle.

In my pencil case, there is an orange highlighter.

Dans ma trousse, il y a ***un*** *surligneur orange.*

- Au pluriel, on emploie « l'article zéro » :

In my bag, there are ∅ books and ∅ notebooks.

Dans mon cartable il y a ***des*** *livres et* ***des*** *cahiers.*

Attention, l'anglais ne distingue pas de noms féminins ou masculins :

a boy a girl

Si tu veux préciser la couleur d'un objet, n'oublie pas :

- L'adjectif se place **devant le nom** lorsqu'il est épithète.
  → *a* ***green*** *pen*
- L'adjectif en anglais est **invariable** :
  → ***yellow*** *pencils*

5 ★ **Complète ces phrases avec le bon article.**

1. In my bedroom, there is ... bed, ... chair and ... desk.
2. On my desk, there is ... lamp, ... alarm clock, ... books and ... pens.
3. On my walls, there are ... posters and ... photographs of my friends.

6 ★★ **Peux-tu deviner ce qu'il y a dans la trousse de ton/ta camarade ?**

Bonus : Essaie de préciser en plus la couleur des objets !

In your pencil case, there is a white eraser.

Yes! Well done!

No, sorry!

+ d'exercices WB p. 21

Early finishers

Choose your activities!

I spy with my little eye...

- Repère un objet.

I spy with my little eye a blue notebook.

- Ton camarade devra le désigner.

The odd one out

Récite le poème de Kenn Nesbitt à un camarade, mais ajoute un intrus qu'il devra repérer.

Bravo

tu as vu ou revu les bases de l'anglais !

JEU NUMÉRIQUE
Halloween memory games

PROJECT 2

Have a spooky Halloween!

Bienvenue !

Dans ce chapitre, tu vas :

- Découvrir comment on célèbre Halloween aux États-Unis.
- Comprendre les règles d'un jeu et en fabriquer un pour y jouer en classe !

LESSON 1

Get ready for a spooky day

1 Spoooooky!

1 If you hear the word "Halloween", what do you think of?

a. Shout out words:

ghost!

monster

b. Listen to American children answering the same question. efe6050
Repeat the words you understand.

2 Watch the video.

Name the Halloween decorations you see! Practise repeating them.

VIDEO

efe6051
Spooky neighbourhoods...

Time to write

Create a Halloween word cloud. WB p. 23

2 The perfect Halloween

1 Read the poster on p. 33.
Match the Halloween activities with the correct pictures.

8 Put on your costume.

2 Focus on suggestion n°8.

a. Can you name some Halloween costumes?

b. Discover more costumes in your workbook. WB p. 24

3 Listen to two American children.

AUDIO

efe6052
What are your recommendations for a perfect Halloween?

a. Look at the poster. Can you spot the activities they mention?

b. Can you identify more Halloween activities in the recording?

Time to write

List your three favourite Halloween activities.

A

I

Plan the perfect Halloween

B

H

Before Halloween

1. Plan a party with your friends and family.
2. Choose your costume.
3. Decorate your house.
4. Visit a pumpkin patch and choose a pumpkin!
5. Carve the pumpkin.

On Halloween night

6. Make a pumpkin pie.
7. Watch a horror movie!
8. Put on your costume.
9. Go trick or treating with your friends.

Don't forget to brush your teeth!

C

G

D

E

F

MINI TASK !

Plan Halloween celebrations for your class! IN GROUPS

1. **Choose five Halloween activities you can do in class.**
2. **Write your list.** (Don't forget the "*do's and don'ts*" of a good classroom Halloween!)
3. **Share it with the class and vote for the best program!** WB p. 25

Dans cette leçon, tu as appris :

Vocabulaire
- Halloween
  → Entraîne-toi p. 39

Grammaire
- L'impératif
  → Entraîne-toi p. 40

LESSON 2

Discover Halloween treats

1 Have fun with a poem about candies!

AUDIO

efe6053

A reading of the poem

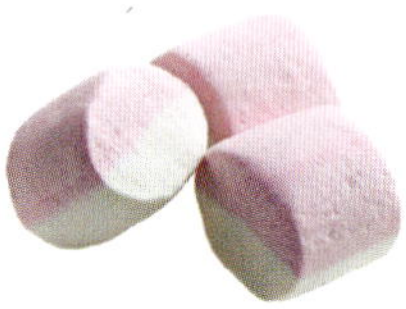

The One Who Invented Trick or Treat

Yes, I invented "Trick or treat"
So you could fill your mouth with sweets.
Candy bars and lemon drops,
Marshmallows and Tootsie Pops,
Butterscotch and bubble gum.
Hold out your hand – they'll give you some
Chocolate kisses, Jujubes,
Sourballs and jelly beans.
Have a cake – some cookies too.
Take a couple – grab a few
Peppermint sticks and Mary Janes,
Licorice whips, and candy canes.
Slurp some soda, munch a pie,
Don't let those M&M's go by,
Chew* that toffee, munch* those treats,
Get that caramel in your teeth.
Then come see me, I'll be here –
I'm your friendly dentist, dear.

Shel Silverstein, 2011

*munch = chew = *mâcher*

1. **Look at the pictures on p. 34.**
   Try to spot the candies as you listen to the poem. e efe6053
2. **Read the poem again.**
   a. Just for fun, try to match some of the candies with their pictures. WB p. 26
   b. Read lines 17-18 again. Who is the inventor of "trick or treat"?
3. **Class challenges! Choose one:**

(1) **Miming**
Spot two actions in the poem and... mime them!

(2) **Reciting**
Choose three lines and practise saying them... with a scary dentist's voice!

2 In my Trick-or-Treat bucket, I have...

AUDIO e efe6054
Mai-Linh and Emile talk about their Halloween buckets.

1. **Listen to two American teenagers.**
   Do you recognize the candies they mention?
2. **Now play!** Choose your favourite candies and tell your classmates what you have in your bucket.

Time to write List what you have in your bucket... but include an odd one. Can your neighbour spot it?

MINI TASK!

Play a Halloween card game! IN GROUPS

VIDEO e efe6055

1. **Watch the video.** Make sure you understand the rules of the game.
2. **Play with the cards in your workbook.** WB p. 131-137

Dans cette leçon, tu as appris :

Grammaire
- Le verbe *HAVE*
  → Entraîne-toi p. 41

FINAL TASK!

Create your own Halloween card game. Then play!

Pense à utiliser le lexique p. 38.

Regarde à nouveau la vidéo de présentation du jeu p. 35. efe6055

1 Choose the level of your game.

Level 1 Easy

I have the **first card**. Who has a **bat**?	I have a **bat**. Who has a **spider web**?	I have a **spider web**. Who has a **pumpkin?**	I have a **pumpkin.** Who has a **witch**?

...

Level 2 Intermediate

START Who has	I have Who has	I have Who has	I have Who has

...

2 List what you want to include in your game.

a bat?

a pumpkin?

a lollipop?

a Halloween bucket?

3 Make the cards.

4 Have fun and play!

Challenge: Try to play faster!

NEED HELP?

Practise with these activities!

NEED HELP?

Entraîne-toi à parler de façon fluide !

1 Écoute ces phrases en faisant attention à la prononciation du [h]. Entraîne-toi à les répéter. efe6056
Tu peux t'enregistrer pour t'aider.

I **h**ave sweets. | I **h**ave a witch **h**at. | I **h**ave a **h**aunted **h**ouse.

> N'oublie pas de "souffler" le [h] (et ne le rajoute pas non plus là où il n'y en a pas ☺).

2 Regarde bien ces cartes :

Écoute et entraîne-toi à les lire à voix haute, sans faire de pause entre *I have* et l'image.

I have a pumpkin.

> Attention aux articles !
> Rappelle-toi :
> - J'utilise **a(n)** devant un nom au singulier.
>   Ex : *I have **a** pumpkin.*
> - J'utilise ø devant un nom au pluriel.
>   Ex : *I have ø sweets.*

3 Écoute ces questions en faisant attention à l'intonation. Entraîne-toi à les répéter.

Who has chocolate kisses?

Who has a spider?

Who has a pumpkin?

> - Généralement, dans les questions commençant par *WHO*, l'intonation descend.
> - Attention, *WHO* se prononce /hu:/ !

4 Du mot à la phrase, écoute et entraîne-toi !

1 a bat

2 I have a bat.

3 sweets

4 I **have** a **bat.** // **Who** has **sweets**?

mot accentué — liaison — pause

> Entraîne-toi à dire la phrase n° 4 de façon fluide.

Te voilà fin prêt(e) pour la FINAL TASK !

WORDS

Apprends ces mots avec leur prononciation !

Decorations

efe6057

a grave = a tomb
/eɪ/ /tuːm/

a **haun**ted **house**
/ɪd/

a **Jack**-o'-**lan**tern
= a Halloween **pump**kin
/'pʌmkɪn/

a **spi**der / a **spi**der **web**
/aɪ/

Costumes and creatures

efe6058

a bat

a black cat

a ghost
/əʊ/

a **mon**ster

a **de**vil
/'devl/

the Grim **rea**per
/iː/

a **mum**my

a **ske**leton

a witch

a **were**wolf
/'weəwʊlf/

Halloween traditions

efe6059

bring a **Ha**lloween **bu**cket
/'bʌkɪt/

go **trick**-or-**trea**ting
/ɪ/ /iː/

dress up / wear a **cos**tume
/'kɒstjuːm/

- carve a **pump**kin
  /kaːv/
- **de**corate the house

make a **pump**kin pie

make **Hal**loween **coo**kies

sweets (UK) = **can**dy (US),
/iː/ **can**dies

a **can**dy cane

a **lol**lipop

Adjectives

efe6060

scary
/eə/
= **frigh**tening

spooky
/uː/
= strange
and **frigh**tening

horrible
/'hɒrəbl/

de**li**cious
/dɪ/

Parler des décorations et costumes

1 Dictation time! efe6061

Tu vas entendre cinq mots. Écris-les dans ton cahier en faisant bien attention à l'orthographe !

Halloween

1. …
2. …
3. …
4. …
5. …

2 Pour chacune de ces lettres, trouve deux mots d'Halloween :

G… M…

S… W…

Si tu trouves plus de deux mots pour chaque lettre, c'est super !

3 *Halloween challenge!*
Regarde bien cette affiche. Tu as 1 minute pour nommer autant d'éléments que possible. Quel est ton score ?

Cache la liste de mots p. 38 !

4 Devine à quels animaux ou personnages ces indices correspondent.

1. an animal, the emblem of… Batman!
2. an animal with eight legs
3. a woman who has magical powers and who makes potions
4. a white creature who haunts old houses

Parler des traditions

5 Pronunciation efe6062

a. Écoute bien ces deux mots. Lequel te semble avoir le son le plus court ? Le plus long ?

trick /ɪ/ **treat** /iː/

trick or treat?

Entraîne-toi à les prononcer.

b. Écoute à présent d'autres mots qui comportent les sons /i/ ou /iː/ et répète-les.

/ɪ/	/iː/
witch pumpkin candy	sweet beans Halloween

Les sons /ɪ/et /iː/
En anglais, on distingue le son court /ɪ/ du son allongé /iː/.

trick or treat
/ɪ/ /iː/

6 IN PAIRS Mime une tradition d'Halloween. Ton camarade devra la nommer en anglais. Puis, échangez les rôles !

7 Que fait-on à Halloween ? Des intrus se sont glissés dans ces listes de traditions. Cherche l'intrus et remplace-le par une vraie tradition.

1. make cookies – watch a scary movie – ~~go to sleep~~ → dress up
2. organize a party – decorate the house – study
3. visit a pumpkin patch – go to the opera – carve a pumpkin
4. dress up as a vampire – dress up as a ghost – stay in your pyjamas

8 Listen up! efe6063

Tu vas entendre cinq phrases dont le dernier mot est manquant. Sauras-tu le trouver ?

Put on your costume, take your bucket, and go ….

trick-or-treating!

Poursuis l'entraînement ! WB p. 27

GRAMMAR

L'impératif

Pour donner un ordre ou une consigne, on utilise l'impératif.
Pour le former :

- On utilise la base verbale.

Choose a costume!
Carve a pumpkin!
Go trick-or-treating!

- Si cet ordre est négatif, la base verbale est précédée de ***don't***.

Don't run in the pumpkin patch!
Don't forget to brush your teeth!

DON'T = DO NOT
- L'apostrophe remplace très souvent une voyelle. Ici, elle permet de contracter "DO NOT" en "DON'T", ce qui est fréquent à l'oral.
- Prononce bien la diphtongue : **don't** /dəʊnt/

Te souviens-tu qu'on ne fait pas de distinction entre **tu** et **vous** en anglais ? On emploie donc la même forme impérative, que l'on s'adresse à une ou plusieurs personnes.

1 ★ **Recompose les traditions d'Halloween en les complétant avec le verbe à l'impératif qui convient.**

go | don't forget to | plan | watch

1. … a Halloween party.
2. … a horror movie.
3. … trick-or-treating with your friends.
4. … brush your teeth.

2 ★★ **Une sorcière a jeté un sort à notre programme d'Halloween ! Nous avons besoin de ton aide : corrige les phrases qui ne semblent pas logiques.**

1. Don't wear a costume!
2. Make spooky cookies!
3. Eat all your candy on Halloween night!
4. Watch a horror movie!
5. Forget to brush your teeth!

3 ★★ **Écris tes recommandations pour ta fête d'Halloween :**

DO	DON'T
- Wear a costume! - …	- Don't be late! - …

4 ★★★ **Crée ta propre invitation à une fête d'Halloween. Propose un programme effrayant !**

Tu peux t'inspirer de l'affiche ci-dessous.

HAVE au Présent simple

➡ Pour dire ce que l'on possède, on peut utiliser le verbe **HAVE**.

I have a zombie costume.

She has a black cat.

À la 3e personne du singulier, **have** devient **has**.

We have lots of candy.

Forme affirmative
I have
you have
he/she/it has
we have
you have
they have

Question time

Pour interroger sur ce que quelqu'un possède :

Who has a bat?

Attention, on ne prononce pas le "w" !

Who has chocolate kisses?
/huː/

1 ★ **Quel bazar ! Remets les mots dans le bon ordre :**

1. have – a nice costume – you
2. have – in – my bucket – I – licorice and M&M's
3. a – ghost costume – who – has – ?

2 ★ **Conjugue *HAVE* au présent.**

Repère le sujet de la phrase pour bien choisir la forme du verbe.

1. Tyler ... a devil costume.
2. I ... sweets and lollipops in my bucket.
3. We ... scary costumes.
4. Amy ... an amazing witch hat!
5. Who ... lemon drops?

3 ★★ **Toi et tes amis avez fait une bonne récolte pour Halloween ! Décris le contenu de vos paniers :**

We ... lots of candy!
I ...
Tom and Julia ...
And my dog ... dog biscuits!

ME

TOM and JULIA

MY DOG

4 ★★ **Tu prépares une fête d'Halloween avec un(e) ami(e) ! Fais une liste récapitulative de toutes les décorations que vous avez.**

I have a pumpkin, spider webs...
Liam ... Abigail ...
We ...

5 **Pronunciation** efe6064

a. **Écoute ces mots en faisant bien attention à la prononciation du "h" en début de mot. Puis entraîne-toi à les prononcer.**

have haunted has Halloween
house hello horrible Hi!

b. **Écoute et répète les phrases suivantes.**

I have a haunted house.

Who has a horrible witch?

Prononciation du "h" expiré
Dans la plupart des mots commençant par la lettre "h", cette lettre est prononcée. Pour cela, on "expire" le son.

Poursuis l'entraînement !
WB p. 29-30

Choose your activities!

Early finishers

I Spy Game

- Observe attentivement le poster. Compte chaque symbole d'Halloween.
- Note tes résultats, puis compare-les avec tes camarades.

There are 10 spiders.

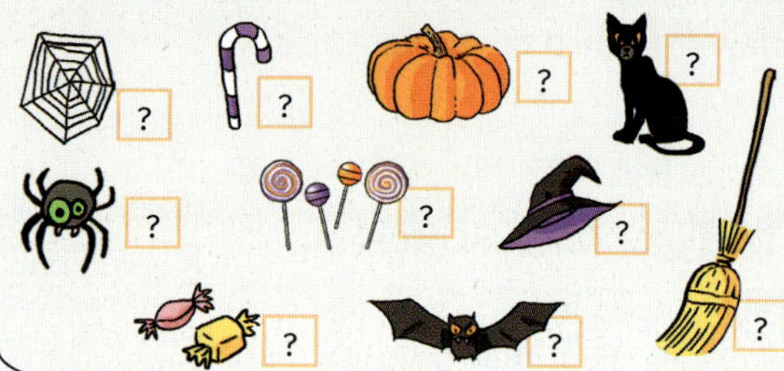

Halloween Joke

What do you call a witch who lives at the beach?

Spooky Recipe

Fabrique ta potion de sorcière !
Liste tes ingrédients et partage ta recette diabolique avec tes camarades.

Halloween joke – Réponse : a sand-witch

JEU NUMÉRIQUE
This is my family!

PROJECT 3

Welcome to the world of TOM GATES

Bienvenue !

Dans ce chapitre, tu vas :

- Découvrir un roman jeunesse et son héros.
- Apprendre à parler de toi, des autres et de ta famille.

LESSON 1

Discover Tom and his family

1 Look inside a fantastic book!

VIDEO

e efe6100

Mr O reads *Tom Gates*. Discover the book with his help!

1 **Watch the video.**
What can you say about Tom Gates?
Make a word cloud with the class.

primary school
doodles Tom Gates

HELP

a doodle

2 **Fill in Tom's identity card.** WB p. 32

3 **Who are these characters?**
How are they related to Tom? WB p. 32

Here & There Class levels

	UK	France	Age
Primary school	Year 5	CM1	9-10
	Year 6	CM2	10-11
Secondary school	Year 7	6e	11-12
	Year 8	5e	12-13

→ *Can you find Tom's age group?*

2 Discover Tom's world

VIDEO

efe6101

Tom introduces his family and friends.

1 Watch the video.
List all the characters you can remember.

> In the video, there is Tom, there is Delia, his sister…

2 Fill in Tom's portrait gallery. WB p. 33

- name?
- relationship to Tom?
- personality?

Time to write Complete the first page of Tom's diary. WB p. 34

MINI TASK !

Talk about your family (IN PAIRS)

1. **List six people from your family (or an imaginary one!).**

   Laura | Thomas and Mathilde | …

2. **Answer your classmate's questions.**

   > Who is Laura?
   > She's my mother.

   > Who are Thomas and Mathilde?
   > They are my cousins. They're fun!

3. **Fill in your classmate's family tree.** WB p. 35

Dans cette leçon, tu as appris :

Vocabulaire
- La famille
- Les adjectifs de personnalité

→ Entraîne-toi p. 51

Grammaire
- Les déterminants possessifs *my*, *his*

→ Entraîne-toi p. 52

LESSON 2

Play with Tom

Guess who?

AUDIO

efe6102 The Guessing Game Challenge

1 **Get ready!**
Look at the picture closely. Who do you recognize?

2 **Listen and spot the characters.** Who can spot them first?

This character is a girl. She is in Tom's class. She has curly hair. She is next to Julia.

Oh I know! It's...

MINI TASK !

Guess my character!

IN PAIRS

1. **Choose a character.**
2. **Give clues about this character to your classmate.**
   Can they guess who it is?

It is a boy. He is part of Tom's family. He is...

They are part of Tom's family. Their mother is Alice.

Dans cette leçon, tu as appris :

Vocabulaire
- La famille, l'entourage
- La description physique
- Les adjectifs de personnalité

→ Entraîne-toi p. 51

Grammaire
- Le génitif ['s]
- Les déterminants possessifs

→ Entraîne-toi p. 53

FINAL TASK!

Create a new character for the next *Tom Gates* book. Then present it to the class!

Pense à utiliser le lexique p. 50.

1 Think of a character.

name? age?

physical description?

2 Imagine their relationship to Tom.

a friend? a neighbour?

a teacher? a relative?

...

3 Define their personality.

funny? friendly?

grumpy? ...

4 Doodle your character. Follow the guide!

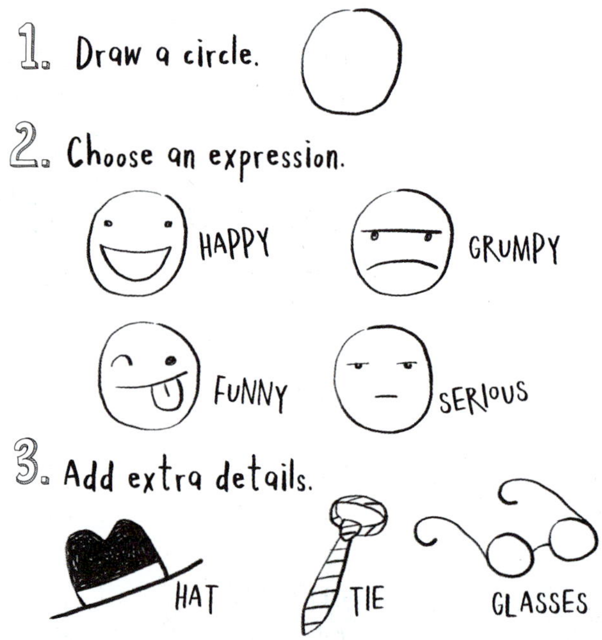

5 Present your character to the class.

NEED HELP?

Follow the guide!

NEED HELP?

Du mot à la phrase, entraîne-toi à bien prononcer !

1 Écoute bien ces mots et entraîne-toi à les prononcer. efe6103
Tu peux t'enregistrer pour t'aider.

character | **tea**cher | **pu**pil
neighbour | **fa**mily | **fu**nny
an**noy**ing | **no**sy

Pense à **accentuer la bonne syllabe** : fais monter le ton de ta voix et insiste légèrement sur cette syllabe.

Exemple : an**noy**ing

2 Écoute ces phrases en faisant attention à l'intonation.
Entraîne-toi à les répéter.

He's **so** funny!

He's **really** annoying!

She's **very** grumpy!

Accentue les mots qui te permettent d'**insister sur ce que tu veux dire.**

3 Du mot à la phrase, vas-tu arriver jusqu'à l'étape 5 ?
Écoute et entraîne-toi !

1. neighbour
2. Tom's neighbour
3. My character is Tom's neighbour.
4. My character is Tom's neighbour // and her name is June.
5. My character is Tom's neighbour and her name is June. // She's very funny!

- Entraîne-toi à passer du mot à la phrase.
- Fais bien les **liaisons** ‿ et les **pauses** // nécessaires.

Te voilà fin prêt(e) pour la FINAL TASK!

WORDS

Apprends ces mots avec leur prononciation !

Family

e efe6104

The people in your family are your relatives.

Grandparents → **grand**father | **grand**mother

Parents → **mo**ther /ˈmʌðə/ — wife / husband — **fa**ther /ɑː/ | **un**cle --//-- **aunt** /ɑnt/

Children → son: **bro**ther /ʌ/ | ME  | daughter: **sis**ter | **cou**sin /kʌzən/

an **on**ly child
/əʊ/ /aɪ/

------ married
--//--- separated

Stepfamily

stepfather
stepmother
stepbrother
stepsister

Personality

e efe6105

an**noy**ing

smart = in**tel**ligent
/ɑː/

scary
/eə/

nice = kind
/aɪ/ /aɪ/

nosy
/əʊ/

grumpy

happy, **jol**ly, **cheer**ful
/ɪə/

strict

Derek is fun!
→ *On s'amuse bien ensemble.*

Derek is funny!
→ *Il est drôle.*

People

e efe6106

classmate
/eɪ/

schoolmate
pupil/**stu**dent

teacher

head**mas**ter

best friend
= best mate (*fam.*)
/eɪ/

neighbour
/eɪ/

Physical description

e efe6107

blond hair ≠ dark hair

short hair

long, straight hair

curly hair

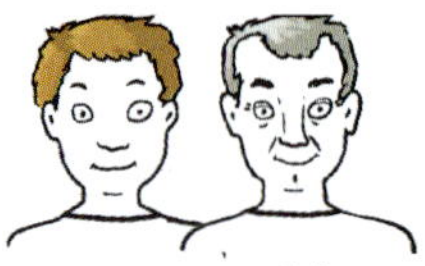

young ≠ old

a hat

glasses

sunglasses

Parler de la famille

1 ★ **Chainspeaking!**
Répète les mots suivants et ajoute des membres de la famille :
mother → father → ...
Fais la plus longue chaîne possible (de mémoire, et sans regarder ton manuel !).

Pourquoi ne pas jouer à 2 ?

C'est encore plus amusant !

2 ★★ **Un peu de généalogie ! Complète les phrases suivantes.**
1. Claire is my mother's mother. She is my ...
2. Mat is my parents' son. He is my ...
3. They are my parents' parents. They are my ...
4. I don't have any brothers or sisters. I'm an ...
5. My mother's new husband is my ...

3 ★★★ **Es-tu un expert de la famille royale britannique ?**

a. Lis l'arbre généalogique, puis complète les phrases ci-après.
1. Prince Charles's second wife is Camilla. She is Harry and William's ...
2. Prince Charles is Prince George's ...
3. Harry and Meghan have a ... His name is Archie.
4. Louis and George are Charlotte's ...
5. The Queen's ... is the Duke of Edinburgh.

b. À ton tour, prépare une phrase à trous pour tester tes camarades.

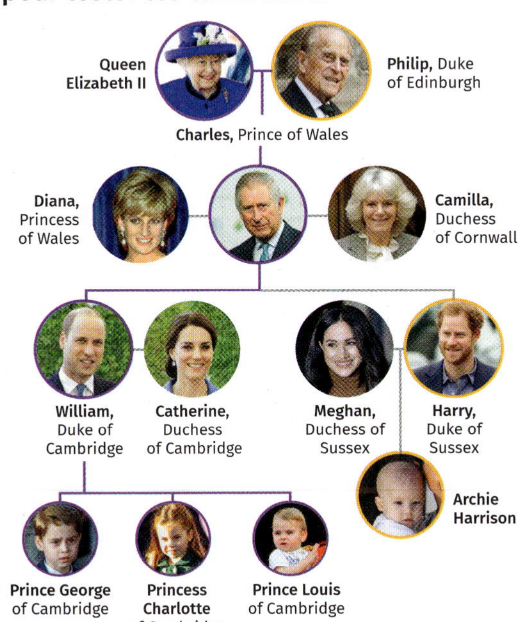

4 **Pronunciation** e efe6108

Écoute ces mots en faisant bien attention à leur prononciation. Que remarques-tu ?

sister daughter father
brother mother

Prononciation des noms terminés en *-er*
- En anglais, la plupart des noms de deux syllabes sont accentués sur la 1re syllabe.
- La terminaison *-er* ne s'entend presque pas. On dit qu'elle est « réduite ».

My *father* has dark hair. /ə/	My *father* is funny. /ər/
Tu as déjà rencontré ce son p. 28 !	Pour faire la liaison, on prononce le 'r'

Parler de son entourage

5 ★ **Cherche l'intrus ! Certaines de ces personnes n'ont rien à faire à l'école... Lesquelles ?**
1. pupil – teacher – neighbour
2. stepmother – student – schoolmate
3. classmate – uncle – headmaster

6 ★★ **Guessing game! Sauras-tu identifier les trois personnes auxquelles pense Tom ?**

1. He's my neighbour and my best friend.

2. He's my teacher and he has beady eyes... He's very strict!

3. She's my classmate. She sits next to me. She's really nice!

Décrire une personne

7 ★ **Classe ces adjectifs en deux catégories :**

positif ☺	négatif ☹
...	...

grumpy • happy • annoying • nice • funny • nosy
jolly • kind • cheerful • strict • scary • fun

8 ★★★ **Un(e) élève a oublié son cartable dans la classe. De qui s'agit-il ? Écoute sa description et choisis parmi ces trois portraits :**
e efe6109

Poursuis l'entraînement ! WB p. 36

GRAMMAR

Les déterminants possessifs

➡ **Pour indiquer à qui appartient un objet, ou pour exprimer un lien entre des personnes, on peut utiliser un déterminant possessif.**

This is Tom's sister. Her name is Delia.
This is Tom's father. His name is Frank.
Tom and Derek play music. Their band is called 'Dog Zombies'.

my
your
his / her
its*
our
your
their
* Pour un objet ou un animal non familier

En anglais, le déterminant possessif s'accorde avec **le possesseur**.
→ *Discover Tom and his family!*

En français, il s'accorde avec **le nom qui le suit** :
→ *Découvre Tom et sa famille !*

1 Dictation time! efe6110

★ **Écoute ces phrases, puis recopie-les dans ton cahier.**

1. I like ... house.
2. ... name is Amy.
3. This is ... cat.
4. I'm in ... class.
5. Tom and Derek go to the same school. ... name is Oakfield school.

Fais bien attention à l'orthographe et entraîne-toi à répéter ces phrases !

2 ★★ **Mr. Fullerman a horreur des répétitions ! Aide Tom à remplacer les noms soulignés par un adjectif possessif.**

1. Granny's recipes are strange, but I like <u>Granny's</u> vegetable cake.
   I like ... vegetable cake.
2. Grandad has lots of qualities. <u>Grandad's</u> best quality is his kindness.
   ... best quality is his kindness.
3. Derek has a dog. <u>The dog's</u> name is Rooster.
   ... name is Rooster.
4. Derek's parents live nearby. <u>Derek's parents'</u> house is next door to mine.
   ... house is next door to mine.

3 ★★ **Complète ces phrases avec le déterminant possessif qui convient.**

Liz Pichon is well-known for ... *Tom Gates* series of books. Like ... character Tom Gates, she is dyslexic. She lives in Brighton with ... husband Mark and ... three children.
Every day, Tom doodles in ... diary. He writes about ... annoying classmate Marcus and ... grumpy sister Delia.

4 ★★★ **Que diraient ces personnages ?**

1. Tom & Delia: "Rita and Frank are ... parents."
2. Derek: "I have a dog. ... name is Rooster."
3. Tom & Derek: "We play in a band. ... name is Dog Zombies."
4. Frank & Rita: "June is ... neighbour. ... cat is called Roger."
5. Tom: "I have two cousins. ... father is my dad's brother."

Le génitif

Pour exprimer un lien de possession ou de parenté entre deux éléments, on peut les relier avec la marque du génitif **-'s**.

We're Tom's parents.

This is Derek's dog.

Attention, en anglais l'ordre des éléments est inversé par rapport au français :
- Tom's dad
- Le père de Tom

Et si le nom du possesseur se termine déjà par un -s ?

- Si ce « s » est la marque du pluriel, on ajoute uniquement l'apostrophe **-'**.

Uncle Kevin is my cousins' father.

- Si ce « s » n'est pas la marque du pluriel, on ajoute l'apostrophe et le **-s** : **-'s**.

Tom is in Marcus's class.

1 Pronunciation efe6111

Écoute les groupes de mots, puis entraîne-toi à les prononcer.

Tom's friend — Alice's husband — Derek's dog — Marcus's teacher — Delia's brother

Prononciation de la marque du génitif 's

Marcus's teacher /iz/	Alice's husband /iz/

Quand le nom du possesseur est au singulier et se termine par le son /s/, le génitif se prononce /iz/.

2 ★ 's ou ' ? Observe ces phrases et complète-les.

1. Rooster is Derek ... dog.
2. My grandparents ... house is really big.
3. Who are Marcus ... parents?
4. The Fingles ... house is next to my house.

3 ★★ À quoi correspond 's dans les phrases ci-dessous ? Classe-les dans un tableau.

's = génitif	's = is

1. Tom's school is near his house.
2. There's a great shop near the school.
3. Mr Fullerman is Tom's teacher. He's very strict.
4. Mr Fullerman's best student is Amy. She's smart!

4 ★★ Ton ami(e) ne connaît pas la série *Tom Gates*. Explique-lui le lien entre les personnages.

Tom ⇐?⇒ Delia — Tom is Delia's... Delia is...
Frank ⇐?⇒ Rita
Delia ⇐?⇒ Mr Gates
Aunty Alice ⇐?⇒ the cousins

5 ★★★ Connais-tu bien *Tom Gates* ? Complète les phrases de façon logique.

guitar — favourite shop — dog — parents — glasses — class

1. Tom ... is on his bed.
2. The pupils ... is 5F.
3. Delia ... are Frank and Rita.
4. Tom and Derek ... sells caramel wafers.
5. Marcus ... are broken.
6. Rooster is Derek ....

N'oublie pas d'ajouter ' ou 's selon les cas !

Poursuis l'entraînement ! WB p. 38-39

Choose your activities!

Early finishers

Best friend doodle

À la manière de Tom Gates, écris quelques lignes pour présenter ton ou ta meilleur(e) ami(e). N'oublie pas d'ajouter un doodle !

This is my best friend ... He / She is ...

Who's who?

- Qui se cache derrière ces descriptions ?

① This character has glasses. He has a hat. He has long white hair. **Who is he ?**

② This character is not a boy. It's not a girl. It has no hair. It is a creature. **Who is it ?**

③ This character has long hair. Her hair is blond. She is a girl. **Who is she ?**

- À toi de jouer ! Crée une devinette supplémentaire pour un camarade.

1. Dumbledore – 2. Dobby – 3. Luna Lovegood

JEU NUMÉRIQUE
Christmas game

PROJECT 4

Christmas time with the Royal Family!

Bienvenue !

Dans ce chapitre, tu vas :

- Découvrir la famille royale britannique et ses traditions de Noël.
- Écrire une lettre à un membre de cette famille !

LESSON 1

A royal Christmas holiday

Royal family, royal traditions!

A

B

C

D

1. **Look at the pictures. Say all you can about:**
   the people | the time of year | the place
2. **The pictures illustrate traditions. Learn more about them!**
   Read the short texts on p. 57 and match them with the pictures.
3. **Discover more royal traditions!** e efe6150
   Listen and match them with the corresponding pictures. WB p. 41

Time to write Complete the baubles with the traditions you have just discovered. WB p. 42

1 The royal family spends Christmas at Sandringham Castle, in Norfolk.

2 They have two Christmas trees and they decorate the trees together.

3 The Queen hires out an entire train carriage to get to Norfolk.

4 Prince Harry and Prince William usually play a Christmas Eve game of football.

5 The Christmas menu is in French.

6 The royals famously give each other gag gifts.

7 The Queen gives Christmas presents and Christmas puddings to her staff.

F

E

G

MINI TASK

My family traditions

Prepare a poster showing how you celebrate a special day in your family.

1. Choose a special day.

   birthday | Halloween | April 1st | ...

2. Think about:

   activities | guests | decorations | ...

3. Select pictures and write comments about them.
4. Stick your poster on the classroom wall and discover your friends' family traditions.

Dans cette leçon, tu as appris :

Vocabulaire
- Les traditions de Noël → Entraîne-toi p. 63

Grammaire
- Le Présent simple (forme affirmative) → Entraîne-toi p. 64

LESSON 2

Merry Christmas your Majesty!

Questions to the royal family

Merry Christmas

5 Redland Street
Haywards Heath
West Sussex RH17 5ST

20th December

The Duke and Duchess of Cambridge
Kensington Palace, London

Your Royal Highnesses,

My name is Harry and I am 11 years old. I live in West Sussex and I love to read about you and your family. I hope therefore that you can tell me how you spend Christmas. I spend Christmas with my family: my parents Ben and Nanette and with my sister Emily, 8, and my brother Jamie who is 6.

We usually spend Christmas at home, but sometimes we go to my grandparents' in Lancashire or to my other grandparents' in Sussex. We always put a tree up and I love to decorate it. We put all our presents under the tree. I love Christmas Eve too because we open a special box of presents: a film, chocolate, sweets and popcorn. My younger brother Jamie likes to leave a mince pie for Father Christmas and a carrot for Rudolph. We leave our stockings on our bedroom doors and we always wake up early to see what is inside them.

Do you have family traditions too? Do the children sing Christmas carols? Do you spend your Christmas in London or do you prefer going to Scotland? Does the Queen open presents too?

I hope you have a wonderful Christmas this year.

Yours sincerely,
Harry Morris

1 Discover the document.
Try to understand:

what it is | who the author is | who he is writing to

2 IN GROUPS **Read the first paragraph and look at the pictures.**

a. Find who is who in the pictures.

b. Fill in Harry's identity card and his family tree. WB p. 44

3 Read the second paragraph.

a. Find all the words related to Christmas.

b. What do you learn about Harry's traditions? WB p. 44

4 Read the third paragraph.
Can *you* answer Harry's questions?

Use what you have discovered in lesson 1.

Time to write Ask two more questions to the royal family.

MINI TASK!

Christmas in the UK

1. **Write questions about Christmas traditions in the UK.**

   Do British children leave their shoes under the Christmas tree?
   ☐ Yes ☐ No

2. **Quiz your classmates!**

Dans cette leçon, tu as appris :

Vocabulaire
- Les traditions de Noël
  → Entraîne-toi p. 63

Grammaire
- Le Présent simple (formes négative et interrogative)
  → Entraîne-toi p. 65

FINAL TASK!

Write a letter to a member of the royal family!

Pense à utiliser le lexique p. 62.

1 Choose who you will write to.

- Charles, Prince of Wales and Camilla, Duchess of Cornwall?
- William and Kate, Duke and Duchess of Cambridge?
- ...

2 Think about the contents of your letter.

- ✔ Introduce yourself.
- ✔ Describe your family traditions.
- ✔ Ask questions about what you want to know.
- ✔ Send your best wishes.

3 Write the different parts in the right place.

Regarde à nouveau la lettre de Harry p. 58 et repère ces éléments.

4 Send your letter... and cross your fingers for a reply!

NEED HELP? Follow the guide!

NEED HELP?

Apprends à écrire une lettre en anglais.

1 Attention à la date !

20th December 2021

Pour écrire la date en anglais :
- On met des majuscules au mois.
- On utilise des nombres ordinaux :

1 → 1**st**	*first*	(21**st**, 31**st**)	4 → 4**th**	*fourth*	(24**th**)
2 → 2**nd**	*second*	(22**nd**)	5 → 5**th**	*fifth*	(25**th**)
3 → 3**rd**	*third*	(23**rd**)	6 → 6**th**	*sixth*	(26**th**)

2 Choisis à qui tu écris.

Une reine ou un roi
- Your Majesty

Un autre membre de la famille royale
- Your Royal Highness

si tu t'adresses à plusieurs personnes
- Your Royal Highnesses

... et toute autre personne ☺
- Dear ...

3 Organise ta lettre.

Par exemple :

Paragraphe 1 = *Je me présente.*

Paragraphe 2 = *Je parle des fêtes de fin d'année.*

Paragraphe 3 = *Je pose des questions à la famille royale.*

Paragraphe 4 = *Salutations*

un paragraphe = une idée

Aide-toi de la page Grammar p. 65.

4 Vérifie la construction de tes questions et relis-toi.

5 Choisis une formule de politesse pour conclure :

Yours sincerely | Yours respectfully

Best regards | Love (Si tu t'adresses à un proche)

6 N'oublie pas de signer !

Te voilà fin prêt(e) pour la FINAL TASK !

WORDS

Apprends ces mots avec leur prononciation !

Royal life

efe6151

the king, the queen,
/iː/
a prince, a **prin**cess

a **pa**lace
/ə/
a **cas**tle
/ˈkɑːsl/

- **mem**bers of the **ro**yal **fa**mily
  /ə/
- a duke, a **du**chess
  /ˈdjuːk/ /ˈdʌtʃɪs/
- the staff

Holiday celebrations & activities

efe6152

Christmas Eve
/ˈkrɪsməs/ /iːv/

Christmas Day

New Year's Eve

buy a **Chris**tmas tree
/iː/

decorate the tree
/eɪ/

hang **Chris**tmas **stock**ings

spend **Chris**tmas at home
spend time with your **fa**mily

go to your grand**pa**rents'
visit friends

give **pre**sents / gifts

pull **Chris**tmas **cra**ckers

write **Chris**tmas cards

send a card / a **le**tter
/ɑː/ /ə/

- make / have **Chris**tmas **pud**ding
- play a game of **foot**ball

Parler des fêtes et des traditions

1 Pronunciation efe6153

a. Écoute ces mots en faisant attention à l'accentuation. Que remarques-tu ?

Christmas tree
Boxing Day

Ces noms sont composés de deux mots : on les appelle des noms composés.

b. Écoute à présent d'autres noms composés et répète-les.

Christmas Day **New** Year's Eve **class**room **Christ**mas pudding **vid**eo games **note**book **play**ground **back**pack

Accentuation des noms composés
En anglais, les noms composés sont le plus souvent accentués sur le premier élément : ***Christ**mas card*

2 ✱ **Des mots ont été glissés dans la chaussette de Noël. Sauras-tu les retrouver ?**

3 ✱ **Voici des activités typiques de la période de Noël :**

Essaie de les nommer, de mémoire et en cachant la liste p. 62. Puis vérifie tes réponses.

4 ✱✱ **Christmas Scrabble** IN PAIRS
Joue au Scrabble avec un(e) camarade en utilisant des mots du chapitre.

Si tu es en panne d'inspiration, tu as droit à 3 jokers : tu peux utiliser des mots anglais qui ne sont pas liés aux fêtes de fin d'année.

5 ✱✱ **Complète ce petit document :**

A British Christmas!

1. Christmas ... is a traditional British dessert.
2. It is common to pull ... before starting a Christmas dinner.
3. Hanging ... on the chimney is part of an old tradition.
4. Children sometimes leave a mince pie for Father Christmas under the ... .

6 Listen up! efe6154

✱✱ **Tu vas entendre 4 phrases incomplètes.** Écoute bien et complète chacune d'entre elles en choisissant le mot ou l'expression qui convient.

On Christmas Day, when they wake up, children open their…

presents

7 ✱✱✱ **Écris un email à ton correspondant irlandais pour raconter ce que tu fais généralement pendant les vacances de fin d'année.**

Parler de la famille royale

8 ✱ ***Chainspeaking!*** IN PAIRS
Avec un(e) camarade, énumérez les membres de la famille royale.

In the castle, I can see the Queen ...

In the castle, I can see the Queen and the Duke…

In the castle, I can see the Queen, the Duke and the…

Faites la liste la plus longue possible !

9 ✱✱ ***Who is who?* Complète les phrases :**

1. The daughter of a king is a ... .
2. This person wears the crown. She is the ... .
3. The wife of a duke is a ... .

Poursuis l'entraînement ! WB p. 45

Le Présent simple (forme affirmative)

Pour donner des informations (par exemple sur des traditions culturelles ou familiales), on peut utiliser le Présent simple.

Prince Harry and Prince William usually play a Christmas Eve game of football.

- À la forme affirmative, on n'a besoin que de la base verbale pour construire le Présent simple.

The Queen spends Christmas at Sandringham Castle.

- Seule la 3e personne du singulier se distingue : on ajoute un 's' à la base verbale.

Rappel : *BE* et *HAVE* au Présent

- ***HAVE*** devient *has* à la 3e personne du singulier. He has a sister.
- ***BE*** a trois formes au Présent :

I am English. 'm	He / She / It is English. 's	We / You / They are English. 're

1 ★ **Lis ce témoignage publié par un jeune Britannique.**

a. Relève les verbes au Présent simple.

b. Fais une petite BD pour illustrer ce que tu as compris.

Compare ta BD avec celle d'un camarade. Avez-vous compris la même chose ?

http://projectbritain.com/Xmas/kids.htm

On Christmas Day, I open my presents. I get really excited. In the morning I run down the stairs. I open the door and there I see my very own presents!

Lewis, aged 8

2 ★★ **Choisis un élément dans chaque boîte pour former trois phrases logiques.**

SUJET	VERBE
I	cooks
My father	come over
My cousins	open

COMPLÉMENT
my presents in the morning.
the best Christmas dinner!
on Christmas Day. We have lunch together.

3 ★★ **Voici un nouveau témoignage, mais il est incomplet. Complète les phrases par un verbe qui convient.**

go (x3) | put | cook | have | open | wake up

N'oublie pas de conjuguer les verbes !

http://projectbritain.com/Xmas/kids.htm

Christmas in my house

On Christmas Eve (December 24), my mum ... the presents under the tree. I normally ... to bed at 8 o'clock, only because it makes the morning come sooner.

On Christmas Day, I ... around 7 o'clock. I have to wake my mum before I ... downstairs to open my presents. Then, I ... to my Nanny & Grandpa's to see my cousins, Madeline and Charlotte. I ... more presents there. Normally, I ... Christmas dinner there too. Nan ... roast turkey, veg (YUK!) and gravy.

Lauren B., aged 9

4 ★★★ **Rédige quatre phrases pour expliquer une tradition (anniversaire, fête...) dans ta famille.**

Tu peux t'inspirer des phrases de Lauren ci-dessus !

Le Présent simple (formes négative et interrogative)

➡ **Pour former les questions et les négations, on a besoin d'un auxiliaire.**

Do they spend Christmas in London?

Is Christmas the same in England?

In France we don't pull Christmas crackers.

➡ **Deux cas se présentent :**

- Le verbe est ***BE***.
  BE est à la fois verbe et auxiliaire.
  Il se suffit à lui-même !

  Are you excited about the holidays?

- Le verbe est **autre** que *BE*.
  On fait appel à l'auxiliaire *DO / DOES*.

  Does your family have traditions too?

  They **don't** spend Christmas in London.
  BV

1 Dictation time efe6155

a. Écoute 4 phrases. Les comprends-tu ?

b. Réécoute-les et ajoute les mots manquants.

1. ... you ... Christmas pudding during the year?
2. ... the Queen ... Christmas with her family?
3. ... they ... to play games too?
4. ... Prince Louis ... a stocking?

2 *Game time* IN PAIRS

Choisis un membre de la famille royale.

Ton / ta camarade devra deviner de qui il s'agit.

Exemple :

Is it a man? — Yes!

Does he play football with his brother? — No.

Is he the Queen's husband? — Yes!

3 Tu vas rencontrer l'ancien chef cuisinier de la Reine d'Angleterre !

a. Prépare les questions que tu aimerais lui poser :

- sur sa nationalité
- sur le plat favori d'un membre de la famille royale
- sur leur personnalité
- ...

b. Joue la scène avec un camarade.

4 Listen up efe6156

Jenny veut faire connaissance avec toi.

a. Écoute ses questions et réponds-y.

b. Enregistre à ton tour des questions pour elle.

5 Le Grinch déteste Noël !

Réécris ces phrases pour qu'elles correspondent à la réalité.

Mets les verbes à la forme négative.

1. Christmas is a great holiday for the Grinch.
2. He likes it when people are happy.
3. He enjoys decorating Christmas trees.
4. He is excited to open presents.
5. People are quiet enough.

6 Pronunciation efe6157

Tu vas entendre trois questions. Répète-les en faisant attention à l'intonation.

L'intonation des questions fermées

En anglais, l'intonation des questions fermées est généralement montante :

Do you eat something special? ↗

Poursuis l'entraînement ! WB p. 47-48

Choose your activities!

Early finishers

Tongue Twisters

efe6158

Compétition de vire langue : amuse-toi avec tes camarades à les lire à voix haute !

Happy Hollie hangs holly here.

There's chimney soot on Santa's suit.

Prancer presents pumpkin pies and presents.

Christmas jokes

Knock, knock.
Who's there?
Mary.
Mary who?
Mary Christmas!

Why is it so cold at Christmas?
Because it's in Decembrrrr!

Naughty or nice?

Pas de lettre au Père Noël ? Pas de cadeau. Allez, au boulot ! Écris ta lettre au Père Noël et illustre-la !

Dear Santa,

This year, I've been
☐ nice
☐ mostly nice

For Christmas, I would like:

....

....

....

....

P.S.: I hope you love the fresh baked cookies and the glass of cold milk. Please give the carrots to the reindeer!

Love,

....

JEU NUMÉRIQUE
Which witch is which?

PROJECT 5

Meet the Witches

Bienvenue !

Dans ce chapitre, tu vas :

- Découvrir un roman de Roald Dahl et son adaptation au cinéma.
- Apprendre à décrire quelqu'un et à poser des questions.

LESSON 1

Witches are real!

1 About witches...

Illustration : Jan Bielecki

You probably think you know **ALL** about witches. Witches wear pointy black hats and billowing black cloaks. They soar through the night sky on broomsticks. Their cats are always black. [...] Right?

How to Avoid Witches, Kay Woodward & Roald Dahl, 2020

1 Brainstorming!
What words do you associate with witches?

... ← witches → ...
→ ...

2 Read the text and listen to it. e efe6200
a. Are the "brainstorming" words in the text?
b. Understand more! Work on a guided version of the text. WB p. 50-51

3 Read the final word ("Right?").
Do you agree?

Time to write Label the picture of a witch. WB p. 51

HELP

Ce texte contient des mots que tu ne connais pas, mais pas de panique !
- Utilise l'image : elle illustre ce qui est dit dans le texte.
- Appuie-toi sur les mots que tu connais.
- Et laisse-toi guider dans le workbook !

2 Real witches

Right? [...]
WRONG.
REAL WITCHES **dress in ordinary clothes**
and look very much like ordinary women.
They live in ordinary houses and they work
in ORDINARY JOBS.
Yikes.
But that's not all. There is one more very
important thing you need to know about witches
before you turn the page.
Witches **HATE** children.
Doubles yikes.
You **REALLY DON'T** want a witch to find you.

How to Avoid Witches, Kay Woodward & Roald Dahl, 2020

1 **Remember the description of witches on p. 68? Now read the first two words of the text above.**
In your opinion, why is that description “wrong”?

Maybe real witches don't wear...

2 **Read the text and listen to it.** efe6201
a. What words are repeated? What words STAND OUT?
b. What are the two "very important things to know about witches"?

HELP
Pour t'aider à comprendre, appuie-toi sur :
- la typographie (majuscules, texte en gras...) ;
- la mise en voix du texte (l'intonation du narrateur).

Time to write Complete the chart:

Fairy tale witches	Real witches
...	...

MINI TASK

Wizard wanted! IN PAIRS

In his book, Roald Dahl writes :

“(...) all witches are women. There is no such thing as a male witch.”

Right?... WRONG! Male witches are REAL too! They are called "wizards" and they are easy to recognize.

Make a WANTED poster to catch a famous wizard. WB p. 52
Mention: his clothes | his accessories | where he lives

Dans cette leçon, tu as appris :

Vocabulaire
- Les vêtements
- Les accessoires

→ Entraîne-toi p. 75

Grammaire
- Les adjectifs

→ Entraîne-toi p. 76

LESSON 2

How to spot a witch

1 Learn how to identify witches

VIDEO

e efe6202
The Witches (2020), trailer

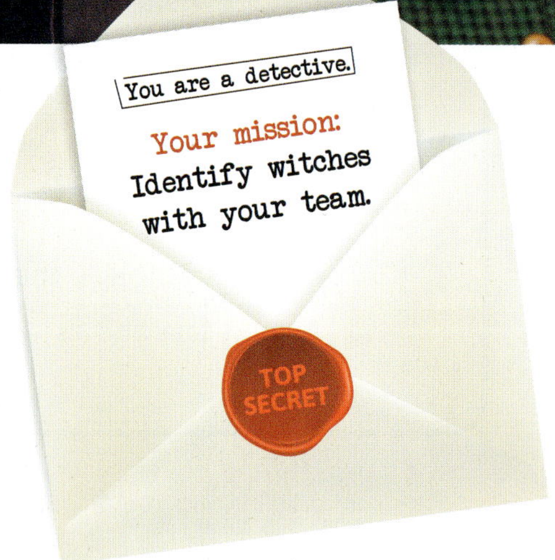

1 Discover your mission!

Clue #1: the picture.
Look at it and start your investigation: witches or normal women? Why?

Clue #2: the video.
Watch and check your hypothesis.

2 Now investigate!

JUNIOR detectives:
Work with a team.

SENIOR detectives:
Work alone.

Watch the video again and collect information on how to spot a witch.

3 Draw a police sketch of a witch.
Present it to the other detectives in your class.
WB p. 53

Time to write
Start your police report.

How to spot a witch
They have...

HELP

Dans une vidéo authentique, on ne comprend pas tout du premier coup ! Appuie-toi sur :

- **les images**
  → dans cette vidéo, elles illustrent parfaitement ce qui est dit !
- **le contexte du chapitre**
  → pense au vocabulaire qui peut s'y rapporter. Ici, par exemple, la description physique.

2 Become a witch expert!

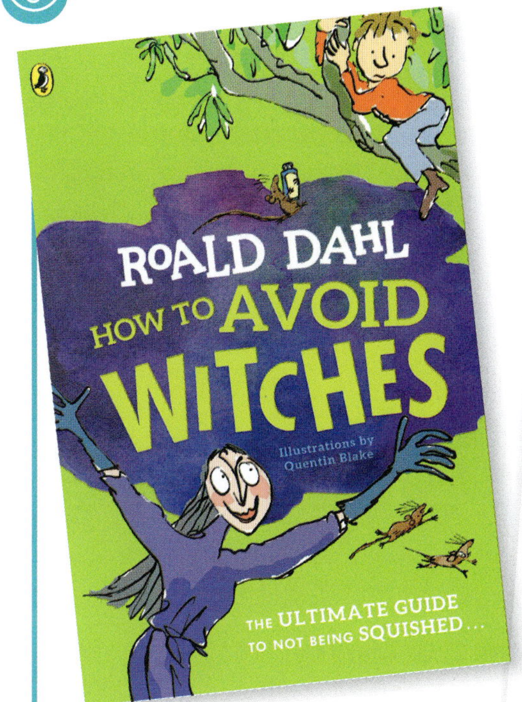

THE ULTIMATE WITCHOPHILE QUIZ

How much do YOU know about witches? Answer the multiple-choice questions in this quiz to find out how much of a witchophile you are.

1 Do real witches...

a) wear pointy hats and billowy black cloaks?
b) accessorize with a black cat?
c) ride on broomsticks?
d) look very much like ordinary women?

2 What do witches hate?

a) Brussels sprouts
b) The ten o'clock news
c) Children
d) Semolina*

How to Avoid Witches, Kay Woodward & Roald Dahl, 2020

*Semolina: *semoule*

1 **Are *you* a witch expert? Take the quiz to find out!**

Check your answers with the other detectives.

2 **Collect more information.**

In Roald Dahl's book, the main character asks questions about witches to his grandmother.

a. Listen to two people acting out the conversation. efe6203
b. What new clues do you discover?

Time to write Use the recording to add two more questions to the quiz.

MINI TASK!

Create your own Ultimate Witchophile Quiz! IN TEAMS

Write five questions and challenge the other teams.

Dans cette leçon, tu as appris :

Vocabulaire
- L'apparence physique → Entraîne-toi p. 75

Grammaire
- Les questions au Présent simple (tous types) → Entraîne-toi p. 77

FINAL TASK!

You are a detective. Interview a witness to learn more about the most dangerous witch in the world: the Grand High Witch!

Pense à utiliser le lexique p. 74.

Choose your role

Detective

1. **What do you want to know about the Grand High Witch?**

age | family | nationality | physical appearance | personality | clothes | ...

2. **Write down your questions.**

What does she look like?

Is she nasty? | *...*

HELP

Pour revoir les questions :

→ GRAMMAR p. 65 et p. 77

Witness

1. **Choose your identity:**

the grandmother | the little boy | a witch | other?

2. **Imagine the questions the detective will ask.**

3. **List what you know about witches.** Imagine more about the Grand High Witch.

HELP

Pour te préparer à l'interrogatoire :

→ Relis le quiz que tu as créé p. 71.

→ Écoute à nouveau la conversation entre le petit garçon et sa grand-mère.

efe6203

Act out the interview!

NEED HELP?

Follow the guide!

NEED HELP?

Entraîne-toi à poser des questions et y répondre !

Tu es detective ?

Prépare tes questions.

nationality

What is her nationality?

Where ...

physical appearance

What does she look like?

...

clothes

Does she wear a pointy hat?

...

Aide-toi de la page *WORDS* p. 74.

Écoute ces questions et entraîne-toi à les répéter. efe6204

Tu es témoin ?

Prépare-toi à répondre.

Do **you** know the Grand High Witch?

Yes, **I** know the Grand High Witch.

How old is the Grand High Witch?

She's very old.

Fais bien attention au choix des **pronoms**.

Écoute d'autres questions et entraîne-toi à y répondre. efe6205

Que faire quand tu ne comprends pas ton interlocuteur ?

→Demande-lui de répéter.

I'm sorry... Can you repeat, please?

→Et si tu as besoin de réfléchir, essaie de gagner du temps !

Hmm... Interesting... Let me think...

Te voilà fin prêt(e) pour la FINAL TASK !

WORDS

Apprends ces mots avec leur prononciation !

Physical description

efe6206

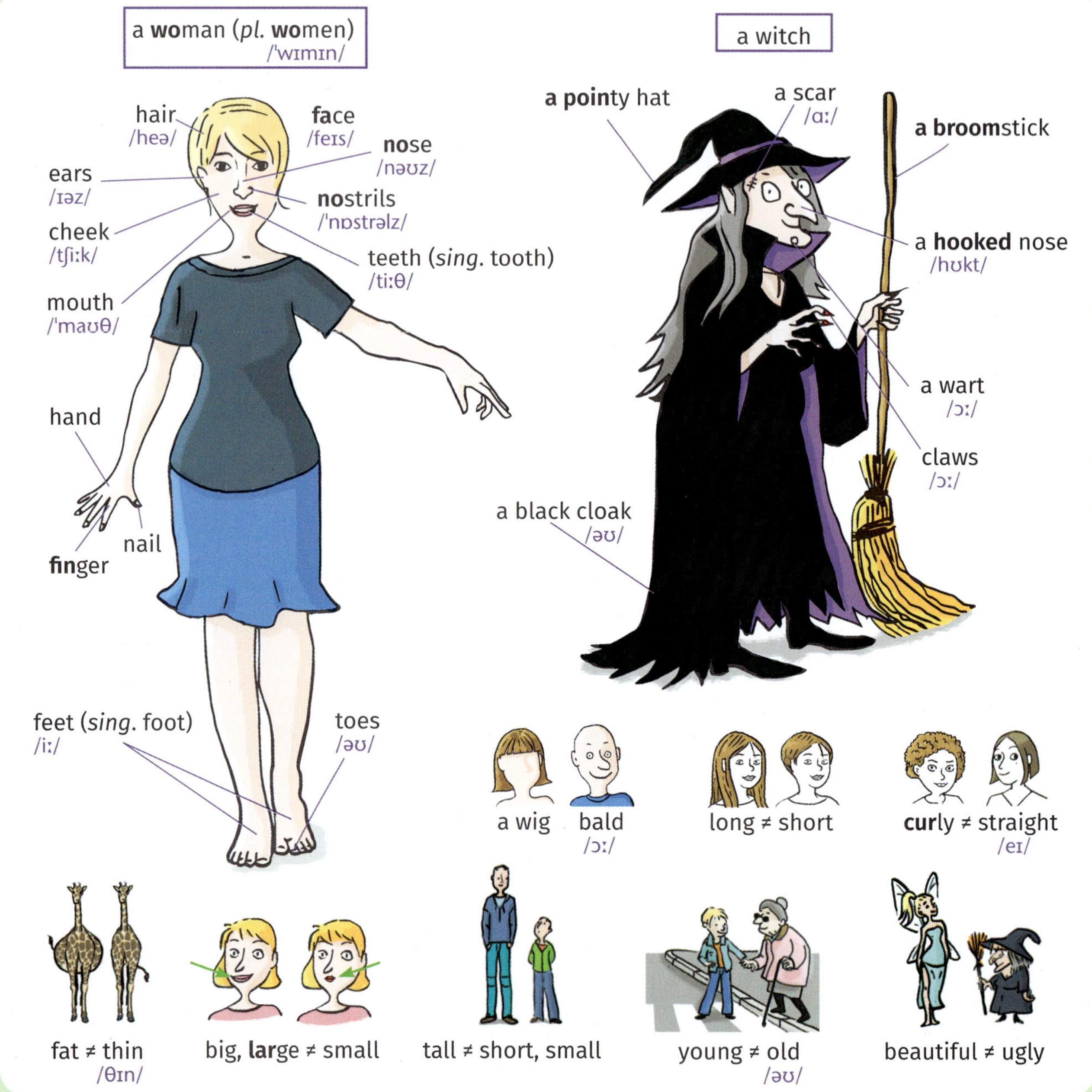

Personality

efe6207

nice, **frien**dly, kind ≠ mean, **nas**ty, **hor**rible
/aɪ/ /iː/

frightening = scary
/ˈfraɪtnɪŋ/

Clothes

efe6208

Décrire une personne

1 Pronunciation efe6209

a. **Écoute bien ces mots. Ils contiennent tous le son /əʊ/ de « *no* » :**

no nose toes old cloak
coat clothes potion

b. **Entraîne-toi à répéter les mots ci-dessus en prononçant bien la diphtongue.**

Le son /əʊ/

- Ce son contient deux sons voyelles : on prononce la première voyelle, puis on « glisse » vers la seconde, sans les séparer. On appelle ce son une **diphtongue**.
- L'anglais en contient 8 au total.
  → *Retrouve-les au tout début de ton manuel.*

2 **Un sort a été jeté au commissariat ! Les descriptions et les portraits robots sont à présent mélangés. À toi de les faire correspondre.**

a **WANTED**

She is small. She has short curly white hair. She has a hooked nose. She wears gloves. She doesn't ride a broomstick.

b **WANTED**

She is tall and thin. She has long curly white hair. She has a hooked nose with a wart. She wears a long black dress and a pointy hat.

c **WANTED**

She is small. She has long straight white hair. She has pointy ears and a large mouth. She rides a broomstick.

3 Listen up! efe6210

Une sorcière est recherchée ! Écoute le témoignage et dessine son portrait-robot.

Parler des vêtements

4 **Tu es une sorcière. Tu dois porter des vêtements ordinaires pour ne pas te faire repérer. Rédige la liste de ceux que tu vas acheter.**

5 **Kate a décidé de revendre certains de ses habits sur un site de vêtements d'occasion. Aide-la à rédiger son annonce !**

6 **Chaque année, tu te déguises pour Halloween. Décris ta tenue fétiche.**

Every year, I wear...

Parler de la personnalité

7 **Dans chaque liste, quel adjectif correspond à la véritable personnalité d'une sorcière ?**

1. generous – nice – nasty
2. kind – horrible - funny
3. mean – friendly – grumpy

8 **Pour chacun de ces adjectifs, trouve au moins un synonyme :**

nice	mean	scary
...	...	...

Cache la liste de mots p. 74, puis vérifie !

Poursuis l'entraînement ! WB p. 54

Les adjectifs qualificatifs

➡ **Un adjectif qualificatif permet d'apporter des précisions sur un nom (taille, forme, couleur, qualité...).**

Real witches dress in ordinary clothes.

➡ **Deux choses à retenir :**

- En anglais, les adjectifs qualificatifs sont invariables : ils s'écrivent toujours de la même façon, quel que soit le nom qu'ils qualifient !

This witch has a black hat.

Witches wear black hats.

- Les adjectifs épithètes sont toujours placés avant le nom qu'ils qualifient !

Witches look like ordinary women.

Si on utilise deux adjectifs pour qualifier un nom, celui qui indique la couleur se place le plus près du nom.
→ *Witches wear pointy black hats.*
forme + couleur + NOM

1 ★ **Complète ce guide en utilisant les éléments proposés.**

Pense à conjuguer les verbes !

2 ★★ **Réécris cette description de la sorcière de *Blanche-Neige* en ajoutant des adjectifs pour permettre de mieux la reconnaître.**

N'hésite pas à compléter avec d'autres idées !

This witch has hair. She has a nose, eyes and a mouth. She has fingers with nails. She wears a cloak.

3 ★★ **Tu réalises un film fantastique. Décris les personnages au directeur de casting :**

leur apparence physique

leur personnalité

leurs vêtements et accessoires

1. My heroine is a young woman. She has .... She is .... She wears ....
2. Her best friend is a young man. He is .... He has .... He wears ....
3. Their arch-enemy is a .... He is .... He has .... He wears ....

4 ★★★ ***Pictionary*** IN PAIRS

a. **Imagine une horrible sorcière.**
b. **Décris-la à un(e) camarade qui devra la dessiner !**

My witch...	horrible scary...	has is	pointy long large...
cat hat cloak dress...	fingers nostrils nose scar hair...	a an Ø	black red...

Les questions (2)

Pour poser des questions en anglais, on a recours à un auxiliaire. Il existe deux grands types de questions :

- **Les questions fermées**

Tu les as déjà rencontrées au chapitre 4. On les appelle "questions fermées" car on ne peut y répondre que par *yes, no, I don't know...*

Do witches **like** children?
Yes, they **do**. / No, they **don't**.

Are witches very dangerous?
Yes, they **are**. / No, they **aren't**.

Ordre des mots dans ces questions :
DO + **sujet** + **verbe** + ... ?
→ *DO* devient ***does*** à la 3e personne du singulier.
BE + **sujet** + ... ?
BE est à la fois auxiliaire et verbe !

- **Les questions ouvertes**

Elles servent à obtenir des précisions sur une personne, un lieu, une raison... Elles commencent par un **mot interrogatif** (who, where, why...) et les réponses sont « libres ».

How do you recognize witches?
What do witches hate?
Where do they live?
Why are they bald?

Ordre des mots dans ces questions :
Mot interrogatif + **auxiliaire** + **sujet** (+ verbe) + ... ?

1 Pronunciation efe6211

a. Écoute ces questions en faisant attention à l'intonation. Entraîne-toi à les répéter.

Where do they live?
How do you recognize witches?

L'intonation des questions ouvertes
Les questions qui commencent par un mot interrogatif ont le plus souvent une intonation qui descend.

b. Écoute à présent d'autres questions du même type, puis répète-les en faisant attention à l'intonation.

2 ★ La Grande Sorcière a encore fait des siennes ! Peux-tu remettre les mots dans l'ordre ?

1. old – you – how – are
2. they – like – do – children
3. why – they – do – gloves – wear
4. where – my – is – broom

N'oublie pas la majuscule en début de phrase et la ponctuation à la fin.

3 ★★ Une potion a été renversée sur ce script de *The Witches II*. Heureusement, tu as appris ton texte ! Retrouve les questions manquantes.

1. ...? *Her name is The Grand High Witch.*
2. ...? *No, she is very mean.*
3. ...? *She wears normal clothes.*
4. ...? *She lives in London.*

4 ★★ *Who am I?* Choisis un personnage célèbre. Tes camarades te poseront des questions auxquelles tu ne pourras répondre que par oui ou non. Prépare-toi à des questions sur :

ta nationalité | ta profession | ton apparence | ...

Are you a woman?
Do you have short hair?
...?

Poursuis l'entraînement ! WB p. 56-57

Choose your activities!

Early finishers

Acting time!

IN PAIRS efe6212

- Écoute ce poème et imagine les gestes que tu pourrais faire pour mimer les questions et les réponses.
- Entraîne-toi à le répéter avec un(e) camarade et jouez-le devant la classe.

Witch, Witch
by Rose Fyleman

"Witch, Witch, where do you fly?"...
"Under the clouds and over the sky."

"Witch, Witch, what do you eat?"...
"Little black apples from
Hurricane Street."

"Witch, witch, what do you drink?"...
"Vinegar, blacking, and good red ink."

"Witch, witch, where do you sleep?"...
"Up in the clouds, where pillows
are cheap."

Spot it!

WANTED

Dangerous vampire

Tall vampire with
dark hair.

He has a long hooked nose,
big beady yellow eyes
and a large mouth with
pointy teeth and red lips.

He wears a long
purple cape.

He has a bat.

On the run
Call us if you see him

Lis l'avis de recherche. Lequel de ces trois vampires correspond à la description ?

JEU NUMÉRIQUE
Mind the bomb!

PROJECT 6

California Kids

Bienvenue !

Dans ce chapitre, tu vas :

- Découvrir la vie quotidienne de jeunes surfers et skaters en Californie.
- Apprendre à parler de ton quotidien et de ce que tu aimes faire.

LESSON 1

Surf, skate, and more!

1 Meet Sky and Ocean

Sky

Ocean

VIDEO

e efe6250
Surf and skate with Sky

1 Look at the pictures of Sky and Ocean.
What can you guess about:

Sky – Ocean
- their relationship
- where they live
- their ages
- their hobbies
- their personalities

2 Watch the video.
a. Were you right?
b. What can you learn from:

what you see? | what Sky says?

3 IN PAIRS **Watch the video again.**
One of you focuses on Sky, the other on Ocean.
Share your findings and complete your spidergram from question 1.

Fun Fact!

The first **skateboard** was… a **surfboard** with wheels! A great solution for when the waves are bad!

Time to write Write a short bio about Sky for the school paper.

SKY BROWN,
THE SPORTS PRODIGY!

2 Eugene's California Top 3

AUDIO

efe6251 A chat with Eugene

Venice Beach, Los Angeles, California

Local skate shop

California arcade

1. **Look at the pictures.** What activities can people do at these places?
2. **Listen to the interview.**
   Share what you understand about Eugene's hobbies.
3. IN GROUPS **Team up to find more details!**
   a. Listen again, focusing on one area:
   the arcade | the skate shop | the beach | where Eugene lives
   b. Share with your group, then report to the class.

Time to write Use the activities Eugene likes to decorate a board for him! WB p. 59

Use drawings, words, phrases and sentences.

MINI TASK!

Decorate your own board! WB p. 60

1. **Like Eugene, decorate your board with your top California activities.**
2. **Present it to the class.**

Dans cette leçon, tu as appris :

Vocabulaire
- Les loisirs
- La personnalité

→ Entraîne-toi p. 87

Grammaire
- Le nom en V + *-ing* (1)

→ Entraîne-toi p. 88

LESSON 2

California Life

1 A day in the life of Sky

VIDEO

e efe6252

Draw my life with Sky

HELP

Pour t'aider à comprendre cette vidéo, appuie-toi sur ce qui est dessiné !

1. **Look at the pictures.** Imagine all you can about:

   Sky's favourite people | Sky's favourite activities

   WB p. 61

2. **Watch the video – part 1.**

   a. Were you right?

   b. Complete Sky's timetable. WB p. 61

   c. What do you think of Sky's life?

3. **Watch part 2 to find out why Sky loves sport.**

Time to write Use what you know to add speech balloons to Sky's "Draw my life". WB p. 62

I really love...

2 Kai's morning routine

VIDEO

efe6253
Kai's morning routine

1. **Look at the picture.**
   What can you guess about Kai's morning routine?
2. **Watch the video and check.**
   What do you think of Kai's routine? Is it similar to yours?
3. **Watch again to collect more details.**
   List what Kai does on a normal morning.

MINI TASK!

Draw Kai's life!

Use what you know about life in California to imagine Kai's afternoon routine.

Then illustrate it.

I usually ...

Dans cette leçon, tu as appris :

Vocabulaire
- Les loisirs
  → Entraîne-toi p. 87

Grammaire
- Les adverbes de fréquence
  → Entraîne-toi p. 89

FINAL TASK!

**Beautiful beaches.
Cool parks and arcades.
Imagine you live in California,
and draw your life!**

Pense à utiliser le lexique p. 86.

1 List details about your California life.

hobbies | daily routine | specific places | people

2 Put them in order.

In the morning, I...

Then, ...

3 Illustrate your California life. You can :

cut out pictures

draw

work on a computer

...

4 Write a short caption for each picture. Practise reading them aloud.

In the morning,// I go to the beach.// It's great!

Fais des pauses lorsqu'elles s'imposent !

5 Tell your classmates about your California life.

Get into groups of four.
Who has the coolest life?

NEED HELP?

Follow the guide!

NEED HELP?

Entraîne-toi à passer de la phrase au paragraphe.

1 **Choisis les verbes que tu vas utiliser.**

- surf
- skate
- do karate
- sing
- dance
- play video games
- go to the beach
- go to the skatepark
- hang out with friends
- …

2 **Tu peux utiliser ces verbes de deux façons :**

Pour dire ce que tu aimes faire	Pour dire ce que tu fais
→ *enjoy / like / really like / love* + V + *-ing*	→ verbe au Présent
I really like **surfing**. I love **dancing**.	My brother and I **play** video games. My dad **skates**, too!

3 **Précise quand tu pratiques ces activités et comment se déroule ta journée.**

When?
- in the morning
- before school
- after school
- on the weekend

How often?
- sometimes
- often
- usually / normally
- always
- every day

In what order?
- first
- then
- before …
- after …

I **usually** go to the beach **in the morning**. I stretch **first**, **then** I surf for two hours.

4 **Pour relier deux phrases…**

First, I go to the beach in the morning,
and I surf for two hours.

Pour relier deux phrases simples exprimant des idées semblables

When the waves are good, I surf,
but when the waves are bad, I skate.

Pour relier deux phrases simples exprimant des idées différentes

Te voilà fin prêt(e) pour la FINAL TASK !

WORDS

Apprends ces mots avec leur prononciation !

Hobbies

efe6254

sing

surf
/sɜːf/

dance

skate
/skeɪt/
go to the **skate** shop
go to the **skate**park

a **skate**board

do ka**ra**te, do ju**ji**tsu

play
video games

go to the ar**cade**
/ɑːˈkeɪd/

go to the beach
/biːtʃ/

when the **wea**th**er**
/ˈweðə/
is good/bad

inside
≠ **out**side

With friends

efe6255

barbecue/
have a **bar**becue

hang out with friends,
talk with friends

make friends

to**ge**ther
/təˈgeðə/

- come **o**ver *(to my house)*
- go to *(my friend's house)*
- meet up *(with my friends)*
- stay *(at my friend's house)*

To say when

efe6256

every **mor**ning

after**noon**

evening
/ˈiːvnɪŋ/

be**fore** ≠ **af**ter

a**round** 1 o'**clock**

- **e**very day
- **dur**ing the week
- on the **week**end (US)
  at the **week**end (UK)
- **nor**mally = **u**sually
  /ˈjuːʒəli/
- first... then...
- **al**ways / **some**times / **o**ften / **ne**ver

To say how much

efe6257

not **ve**ry — a **lit**tle — **real**ly/**ve**ry — so

Hobbies and activities

1 ★ **Sport ou pas sport ? Classe ces activités en trois catégories.**

skate | surf | do karate | sing | dance | play video games | do jujitsu | hang out with friends | barbecue

sports	other activities	both?
...	...	...

2 ★★ ***Where is everyone?!***
Reconstitue les phrases pour aider des amis à se retrouver.

1 I want to surf...
2 Time to skateboard...
3 Let's play video games...
4 And now, a barbecue...

... at the arcade!
... at the beach!
... at my house!
... at the skatepark!

3 ★★ **Quelle activité recommanderais-tu à chacune de ces personnes ?**

My favorite place in the world is the beach, and I am very sporty.

Greg

Peter

I love music and I really like exercising.

My favorite games are on the computer, but I play some on my iPad, too.

Liam

Kate

Some of my friends surf and skate, but I prefer martial arts.

How much, and when?

4 ★ **Quelles sont les activités que tu pratiques ?**
Classe-les selon leur fréquence :

often	sometimes	never
...	...	...

5 ★★ **Reconstitue les phrases afin de retrouver les habitudes de chacun :**

1 Sky surfs...
2 Kai goes to the beach...
3 Sky and her friends barbecue...
4 Everyone normally stays inside...

.... every day, before school.
... when it rains.
... when the waves are good.
... on the weekend at her house.

6 ★★ **Que penses-tu des activités ci-dessous ?**
Donne ton avis sur chacune d'elles.

skating
playing video games
hanging out with friends
barbecuing
going to the beach

interesting
boring
fun
exciting
cool

not very | a little | really | very | so

Exemple : Playing video games is a little boring.

7 ★★★ ***How to make friends!***

a. Quand tu deviens ami(e) avec quelqu'un, dans quel ordre faites-vous les choses suivantes ?

friends come over to my house | talk together | stay at their house | meet up somewhere | hang out

b. Écris un court paragraphe pour l'expliquer.

Pense à ajouter des détails pour personnaliser ton récit !

Exemple :

How do I make friends? Easy!
First, we talk together at school.
Then, we meet up at...

Poursuis l'entraînement ! WB p. 63

GRAMMAR

Le nom en V + *-ing* (1)

➡ En anglais, ajouter la terminaison *-ing* à une base verbale permet de fabriquer un nom.

My hobbies are jujitsu, **fighting** and **singing**.
My brother is pretty good at **skateboarding** too.

➡ Pour parler des activités que l'on aime, on peut utiliser des verbes comme *like*, *love*, *prefer*, etc., suivis de V + *-ing*.

I **like** **going** to the arcade.

I **enjoy** **hanging** out with my friends.

Question time
"What do you like doing in California?"
"Do you prefer skating or surfing?"

Attention à l'orthographe !
- Quand le verbe se termine par un **-e**, on supprime cette lettre : *dance* → *I like* ***dancing***.
- Pour les verbes d'une syllabe qui se terminent par *consonne – voyelle – consonne*, on double la dernière consonne : *swim* → *I like* ***swimming***.

1 ★ ***Let's warm up!* Transforme ces verbes en noms en ajoutant la terminaison *-ing*.**

talk | meet | sing | skate | dance | win

Attention à l'orthographe !

2 ★★ **Parle-nous un peu de toi ! Complète chaque phrase avec un des verbes ci-dessous transformé en nom.**

Compare tes réponses avec celles d'un camarade.

skateboard | surf | sing | dance | play video games | play soccer/basketball | speak Spanish | play the guitar/the piano | ...

1. I really love ...
2. I don't really like ...
3. I am good at ...
4. I am not very good at ...
5. My best friend is very good at ...

3 ★★ ***Interview time!* Prépare l'interview de Sky ou Kai en complétant ces questions avec un nom en V + *-ing*.**

1. Do you like ...?
2. Are you good at ...?
3. Do you like ... with your family?
4. Is ... your favorite hobby?

Et si tu posais ces questions à un(e) camarade ? Enregistrez votre échange.

4 ★★★ **a. Voici la chambre de Tyler. Essaie d'imaginer ce qu'il aime faire.**

→ I think Tyler likes ... .

b. À ton tour ! Écris quelques phrases sur tes activités préférées.

Lis tes phrases à un(e) camarade, et demande-lui de dessiner ta chambre telle qu'il ou elle se l'imagine.

Les adverbes de fréquence

Pour préciser si l'on fait quelque chose toujours, souvent, parfois, etc. on utilise des adverbes de fréquence.

We **always** <u>play</u> together.
I **normally** <u>wake up</u> around 6.
I'<u>m</u> **usually** at the beach at 6.30.

Attention à la place des adverbes !
On les place généralement <u>devant le verbe</u> :

auxiliaire	sujet	adverbe	verbe	complément
	I	normally	wake up	at 6.
Do	you	always	get up	early?

sauf avec *BE* : I'm sometimes at the skatepark.

Voici d'autres adverbes qui pourront t'être utiles pour parler de tes habitudes :

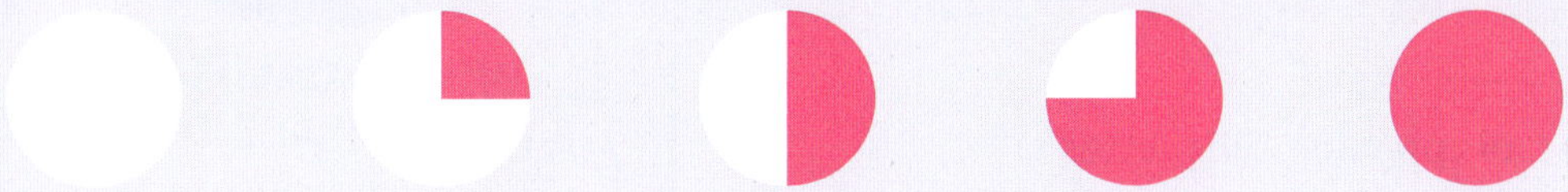

1 ✱ **Parle-nous de toi et de tes amis ! Choisis les adverbes de fréquence qui correspondent à la réalité.**

1. My friends and I ... dance together.
2. I ... go to the beach with my family.
3. My friends ... skateboard after school.
4. I ... do my homework.
5. My friends and I ... talk on the weekend.

2 ✱ **a. Dessine une flèche dans ton cahier et range ces adverbes dans l'ordre croissant.**

sometimes | usually | never | normally | always | often

b. Ajoute en regard de chaque adverbe une ou plusieurs activités que tu pratiques (ou pas !).

never ... ...
→
surf ... ...

3 ✱✱✱ **Choisis un personnage connu (réel ou fictif) et écris trois phrases à son sujet en utilisant un adverbe qui convient.**

always | sometimes | never | often

→ Harry Potter always ... .

4 Listen up e efe6258

✱✱✱ **Tu travailles dans un magasin de *skate* & *surf*. Écoute ces deux clients, puis choisis la planche qui leur conviendrait.**

Sois bien attentif ! Il se peut qu'ils aient les mêmes goûts !

A

B

C

BONUS : Et si tu jouais le dernier client ? Observe la troisième planche : que pourrais-tu dire sur tes passe-temps en utilisant *always*, *sometimes* et *never* ?

Poursuis l'entraînement !
WB p. 65-66

Choose your activities!

Early finishers

California comics!

- Crée les trois premières vignettes d'une bande dessinée sur la Californie.
- Les personnages peuvent être toi et tes amis, ou des jeunes Californiens rencontrés dans le chapitre.

Illustrated vocabulary

- Pour mieux retenir les mots nouveaux, transforme-les en images !
- Crée des images qui contiennent un mot que tu as appris et en expriment le sens.

Exemple :

California sunshine

- Aux États-Unis, on exprime la température en degrés Fahrenheit. En France (et au Royaume-Uni !), on utilise les degrés Celsius.
- Utilise la formule suivante pour trouver quelle température il fait (en °Celsius) à San Diego :

(Fahrenheit Temperature – 32) x 5 ÷ 9 = ... °C

WHY IS CALIFORNIA A GOOD PLACE TO SURF?

How hot is it in San Diego, California?

Month	Fahrenheit	Celsius
February	66	
May	69	
August	77	
November	70	

Mindmap

- À partir du mot *HOBBIES*, essaie de penser à d'autres mots que tu connais en anglais et qui pourraient lui être associés.
- Construis le réseau le plus grand possible !

Exemple :

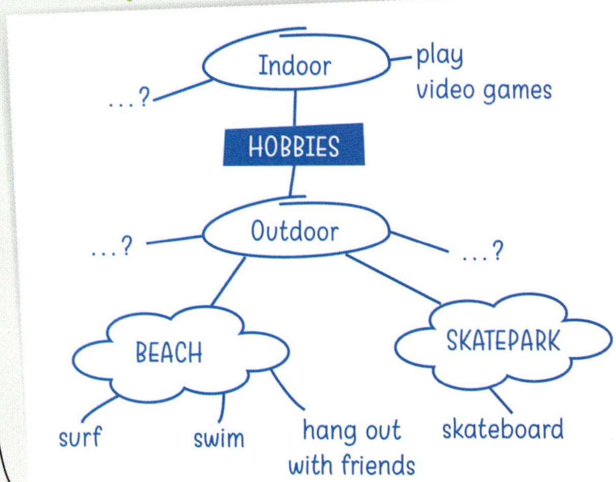

JEU NUMÉRIQUE
Where is Paddington?

PROJECT 7

Visit London with Paddington

Bienvenue !

Dans ce chapitre, tu vas :

- Découvrir Londres et ses lieux incontournables.
- Dire ce qu'on peut y faire et y voir.

LESSON 1

This is London!

1 Discover London

VIDEO
efe6300
An extract from the film *Paddington 2* (2017)

1. **When you hear “LONDON”, what do you think of?**
2. **Watch the video.**
   a. Can you identify any famous places or monuments?
   b. Try to find them on the map.

2 Where is Paddington?

1. **Get ready. Look at the map.**
   a. Listen to the names of the monuments. efe6301
   Can you find them on the map?
   b. Write their names in your Guide to London. WB p. 68

   The London Eye
   Number 6!

2. **Play the London Guessing Game!** efe6302
   a. Listen and identify four monuments.
   I know! It's... and it's number...
   b. Complete your Guide to London.
   Add information about each of these four monuments:
   What is it? | Where is it?

3. IN PAIRS **Use the map to complete the information about monuments 5 to 8 in your** Guide to London.

HELP

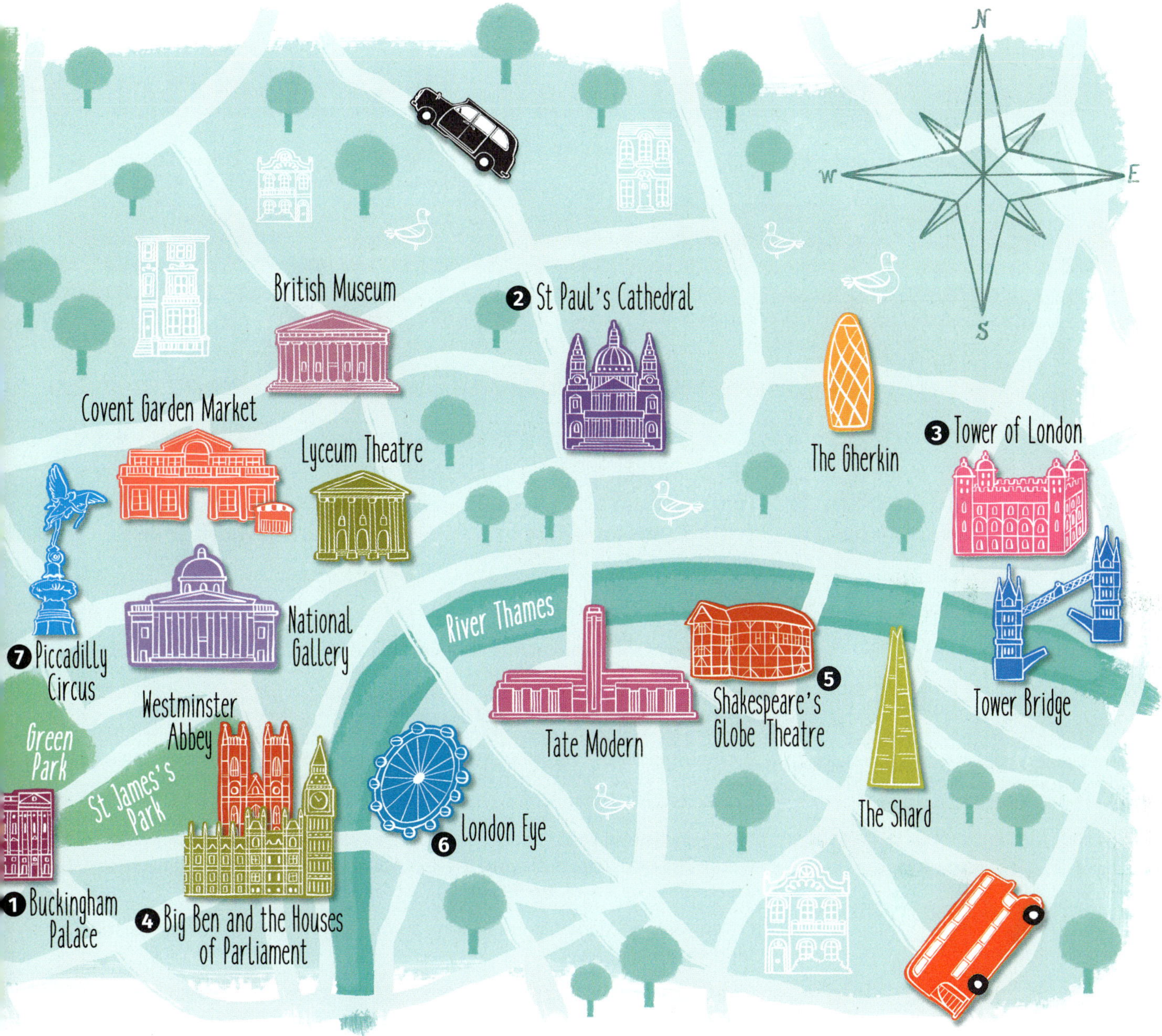

MINI TASK!

Play hide and seek with Paddington (IN PAIRS)

1. Listen to two children playing the game. e efe6303

> Paddington, are you opposite Big Ben?
> No, I'm not!
> Are you next to . . . ?
> Yes, I am!

2. Now play with a classmate!

Pupil A: Decide where Paddington is.

Pupil B: Ask questions and place Paddington on the map.

Découpe Paddington dans ton workbook. WB p. 139

Dans cette leçon, tu as appris :

Vocabulaire

- Les lieux et monuments
- Les prépositions de lieu

→ Entraîne-toi p. 99

LESSON 2

Paddington's day out in London

Any suggestions?

4:02 PM. 26 sept. 2018 · #Paddington London · Follow

	Paddington @paddingtonbear	I am planning a day out tomorrow and I am looking for some suggestions for where to go. Do you have any favourite places in London?
Ⓐ	**Alice G.**	What about a trip on the River Thames?
Ⓑ	**Chester**	Changing of the Guard at Buckingham Palace. You'll love the soldiers' hats.
Ⓒ	**Stanley P.**	How about visiting the Shard? It's amazing! You can get a panoramic view of the city of London.
Ⓓ	**Thomas the Man**	Tower Bridge is great! They have glass floors and you can look down from way above to see the river and the boats. And you can wave at people on the bridge.
Ⓔ	**Mary-Ann**	I suggest visiting the Lyceum Theatre. The greatest stage musical in the world, *The Lion King*, is playing there. If you can't get tickets, try another theatre nearby: there are 39 in the West End!
Ⓕ	**Lily**	Covent Garden Market: you can shop & you can probably get a marmalade sandwich there too.
	Paddington	It's time to start making my way home for tea. Thank you for your London adventure suggestions. Here are some pictures of my favourite places!
Ⓖ	**Mary-Ann**	Thanks for sharing your day in photos with us, Paddington!

Tweets extraits du compte Twitter de Paddington, sept. 2018

1 Get ready.
What do you like doing when you visit a new city?

HELP
- seeing monuments
- tasting the food
- shopping
- ...

2 Read Paddington's first tweet.

Appuie-toi sur les mots qui ressemblent au français.

a. What does he want?

b. Look at the other tweets. What are they?

3 Read the other tweets to identify people's favourite places. WB p. 70
Can you find them in Paddington's photo album on p. 95?

Time to write Help Paddington complete his photo album. WB p. 71

MY DAY OUT IN LONDON

1

2

3

4

5

6

MINI TASK!

Play a guessing game IN PAIRS

1. **Choose three places in London and think about the activities you can do there.**
2. **Write them down on three pieces of paper, and give them to a classmate.** Can they identify the places?

You can watch a musical.

You can…

Dans cette leçon, tu as appris :

Vocabulaire
- La ville
- Les activités
- Les prépositions de lieu

→ Entraîne-toi p. 99

Grammaire
- *CAN*
- Le nom en V + *-ing* (2)

→ Entraîne-toi p. 100-101

FINAL TASK!

Tweeter

Paddington @paddingtonbear

I am planning a day out tomorrow and I am looking for some suggestions for where to go. Do you have any favourite places in London?

4:02 PM. 26 sept. 2018 • Twitter Web Client

Answer Paddington's tweet and recommend the perfect day in London.

Pense à utiliser le lexique p. 98.

1 Choose two or three places you like in London.

Write down their names.

Flip through the chapter again (in your workbook too!)

2 Get ready to explain where they are located:

It's opposite… | It's near… | It's next to… | It's in…

Look at the map of London (p. 93)

3 Think of what Paddington can do there.

visits | food | fun | activities | sights | …

4 Now write your recommendation to Paddington.

Present it as a tweet!

5 Choose a picture to illustrate your tweet.

Invent a #hashtag!

#London | #Paddington | #…

NEED HELP?

Follow the guide!

NEED HELP?

Apprends à faire un brouillon efficace !

1 Organise tes idées.

- 1. Place? — Buckingham Palace
- 2. Where? — near Hyde Park
- 3. Activities? — watch the Changing of the Guard / take pictures

2 Vérifie bien l'orthographe.
Fais attention à l'ordre des lettres dans les mots et n'oublie pas les majuscules !

Buckingham Palace

3 Choisis la formule pour commencer ton tweet.

Follow
.... How about…

Follow
.... I suggest…

Follow
.... What about…

4 Essaie d'enrichir tes phrases.

How about a visit to Buckingham Palace?
It's a castle.
↳ It's an **old** castle.
↳ It's an **old** and **famous** castle.
↳ It's an **old** and **famous** castle.
The Queen lives there. You can…

Te voilà fin prêt(e) pour la FINAL TASK !

WORDS

Apprends ces mots avec leur prononciation !

Places and monuments

efe6304

a bridge

a **tow**er /ˈtaʊə/

a ca**the**dral, a church /kəˈθiːdrəl/

a **mar**ket /ɑː/

a mu**se**um /ziː/

a shop

a square /skweə/

a zoo /zuː/

a park /ɑː/

a **ri**ver /ˈrɪvə/

a **pa**lace, a **ca**stle /ˈkɑːsəl/

People

efe6305

a guard /gɑːrd/

a king / a queen

a **tour**ist /ʊə/

a **Lon**doner /ˈlʌndənər/

Prepositions of place

efe6306

a**bove**

in = in**side**

opposite

on

be**hind**

in **front** of

next to = **close** to

be**tween**

at (*the bus stop*)

far ≠ near

Activities

efe6307

walk /wɔːk/

take a **pic**ture

- buy a souve**nir**
- do some **shop**ping
- have a **pic**nic
- ad**mire** the view
- visit a mu**se**um
- see **paint**ings

watch a **mu**sical

go to the **the**atre /ˈθɪətə/

take a trip on the **ri**ver

Making suggestions

efe6308

What a**bout**...
How a**bout**...
I sug**gest**...

Lieux et monuments

1 Dictation time! efe6309

Écoute ces mots, puis recopie-les dans ton cahier.

2 ***Pictionary!* Choisis un site touristique. Dessine-le, ton voisin devra deviner de quoi il s'agit.**

It's a park!

3 Le top 6 des lieux à voir à Londres ! Complète ces pancartes à l'aide des mots suivants :
Square – Palace – Bridge – Market – Park – Tower

4 Il y a de la marmelade sur le tweet de Paddington... Peux-tu retrouver les mots manquants ?

What about a trip on the river Thames? It's fantastic there! You can have a beautiful [illegible] of the city. Then I suggest a [illegible] in Hyde Park. In the afternoon, you can do some [illegible] at Covent Garden Market. And in the evening, what about watching a [illegible]al at the Lyceum Theatre?

Prépositions de lieu

5 Où se trouve Paddington ? Complète les légendes.

Here, Paddington is ... the Tower of London.

Here, Paddington is ... Paddington station. He is sitting ... his suitcase.

6 Complète ce programme touristique avec les prépositions qui conviennent.
Aide-toi de la carte p. 93 !

Take a London tour and see the top London attractions! Start with Buckingham Palace. It's ... Green Park and Hyde Park. Watch the Changing of the Guard ... the Palace. Then, have a picnic ... Hyde Park. Walk to the Houses of Parliament ... the River Thames and admire Big Ben. Finish with a boat trip ... the Thames and enjoy the view!

7 Pronunciation efe6310

a. Comment prononcerais-tu les mots suivants ?

cathedral museum park gallery
zoo river palace

Écoute et vérifie.

b. Entraîne-toi maintenant à les prononcer en contexte.

St Paul's Cathedral

the Science Museum

Les apparences sont trompeuses!
- Même quand un mot anglais a une orthographe proche du français, il se prononce différemment.
- Accentuer le mot anglais sur la bonne syllabe t'aidera à bien le prononcer.

Poursuis l'entraînement ! WB p. 72

GRAMMAR

CAN

➡ Pour parler de ce qui est possible ou permis / impossible ou interdit, on peut utiliser **can**.

"The Lyceum Theatre? Why not... What can you do there?"
"You can watch the famous *Lion King* musical.
And if you can't get tickets, try another theatre nearby!"

can't = cannot
↑ forme contractée ↑ forme pleine

➡ **Can** permet aussi de dire ce que l'on est capable de faire ou pas.

I can speak English! (BV)

I can't skate. (BV)

Can you swim? (BV)

CAN est un **auxiliaire** :
- Il accompagne un verbe qui est toujours à la base verbale.
- Il sert à construire les questions et les négations.

CAN **ne change pas**, quel que soit le sujet :
→ *You can visit..., we can buy..., he can take...*

1 ★ **Utilise ces images pour dire ce que tu sais faire ou non.**

2 ★ **Tu visites un musée à Londres. Qu'as-tu le droit de faire ou pas ?**
Écris une phrase pour chaque panneau.

I can't use the flash on my camera.

3 ★★ **Tu es toujours au musée ! Les services suivants y sont proposés :**

Demande au professeur qui t'accompagne l'autorisation d'en profiter.

Can I ... ?

Can we ... ?

HELP
go to – buy – have – rent – ...

4 ★★ **Complète les phrases suivantes avec *can* ou *can't* :**

1. At the Tate Modern, you ... see contemporary artworks but you ... touch them.
2. If you want to discover the history of London, you ... go to the Museum of London.
3. ... you take pictures at the National Gallery? Of course you ...! Just don't use the flash.
4. Unfortunately you ... visit the Natural History Museum right now, but you ... take a virtual tour of the museum on their website.

5 **Pronunciation** 🔊 e efe6311

a. Écoute ce dialogue en faisant bien attention à la prononciation de *can*. Que remarques-tu ?

You can see the Guards at Buckingham Palace.

Can I talk to them?

Yes, you can. But they can't answer you.

b. Entraîne-toi à prononcer ce dialogue.

La prononciation de *can*
Elle varie selon le type de phrases :

Affirmation	Question ou réponse courte	Négation
I can come. /kən/	*Of course you can!* /ˈkæn/	*I can't come.* /ˈkɑ:nt/

Le nom en V + *-ing* (2)

➡ **Comme tu l'as vu au chapitre 6, l'ajout de la terminaison *-ing* à une base verbale permet de fabriquer un nom.**

What about [a trip] on the River Thames?
How about [visiting the Shard]?

Tu peux voir que 'a trip' et 'visiting' ont la même valeur : ce sont des noms qui désignent des activités.

Thank you for [your suggestions].

Thanks for [sharing your day in photos] with us.

Rappel

- Attention à l'orthographe !
  share → ***sharing***
  sit → ***sitting***
  shop → ***shopping***
- On ne prononce presque pas le "**g**" à la fin de la terminaison *-ing*.
  C'est la base verbale qui est accentuée :
  sharing **going**

1 ★ **Peux-tu retrouver les verbes qui ont servi à fabriquer ces noms ?**

1. I suggest **going** to the Tower of London. → go
2. I love **sitting** in Hyde Park on a warm afternoon.
3. How about **posing** with your favourite celebrities at Madame Tussauds wax museum?
4. **Exploring** London by night is really exciting!

2 ★ **a. Transforme ces verbes en noms en ajoutant la terminaison *-ing*.** Attention à l'orthographe !

visit | watch | change | shop | go | have | eat

★★ **b. Utilise les noms que tu as formés pour faire des suggestions :**

1. I suggest ... the ... of the Guard at Buckingham Palace.
2. If you like ..., ... and ... a good time, I suggest ... to Covent Garden.
3. How about ... the Shard to enjoy the view?

3 ★★★ **Complète les phrases ci-dessous en utilisant les verbes suivants :**

come | eat | go | make | visit

N'oublie pas de les transformer en noms si besoin !

1. How about ... over for tea ?
2. Can we ... the museum today, or is it closed?
3. Thank you for ... this delicious cake !
4. What about ... to the cinema ?
5. Great idea! And we can ... a pizza at the restaurant after the film.

4 ★★★ **Paddington est très poli. Aide-le à écrire un message de remerciement :**

1. à la personne qui lui a préparé un sandwich à la marmelade
2. à la personne qui l'a invité chez elle
3. à la personne qui l'a aidé dans le métro

Poursuis l'entraînement !
WB p. 74-75

Choose your activities!

Early finishers

Guessing Game

- **Lis le contenu des bulles et devine où Paddington se trouve.**

I'm in front of a big, big house.
There are guards with funny hats outside, and lots of tourists taking pictures!
Where am I?

I am really high up and I am looking down at the city!

I have a beautiful view!

I can see boats on the River Thames, the Houses of Parliament and Big Ben. I'm in a glass capsule that goes round.

Where am I?

London Quiz

- **Connais-tu bien Londres ? Fais ce quiz, puis vérifie tes réponses.**

1. What are "Black cabs"?
a) boats
b) taxis
c) a dessert
d) palace guards

2. People often use the name "Big Ben" for the clock tower, but what is it really?
a) a bell
b) a park
c) a palace
d) a crown

3. How many rooms are there in Buckingham Palace?
a) 15
b) 75
c) 675
d) 775

4. What do people in London usually call the underground?
a) the metro
b) the subway
c) the tube
d) the train

5. What is the tallest building in London?
a) Big Ben
b) Tower Bridge
c) The Shard
d) St Paul's Cathedral

6. What is the name of the most famous London detective?
a) William Shakespeare
b) Charles Dickens
c) Agatha Christie
d) Sherlock Holmes

1. b – 2. a – 3. d – 4. c – 5. c – 6. d

JEU NUMÉRIQUE
Play with art!

PROJECT 8

Have fun with Art

Bienvenue !

Dans ce chapitre, tu vas :

- Découvrir de grands peintres américains.
- Jouer avec des œuvres d'art et apprendre à expliquer ce que tu vois.

LESSON
1

Kids explain art to experts

"Who are these people?"

American Gothic,
Grant Wood, 1930

Grant Wood (1891-1942) : an American artist, well-known for his painting *American Gothic*. It is one of the most famous American paintings. There are a lot of fun parodies!

VIDEO

efe6350
Name That Art – Kids explain art to experts, 2016

1 Look at the painting on p. 104.
Take a guess: who are these people?

2 Watch the video and discover Alexa's opinion.
a. Is it the same as yours?
b. Use Alexa's description to label the painting. WB p. 77

3 Now listen to an art expert.

AUDIO

efe6351
American Gothic for kids,
Mrs Beth, 2020

a. Focus on what she says about the man and the woman.
Who was right in your class?
b. Use this audio to add more labels to the painting. WB p. 77

4 IN GROUPS Get creative!
Imagine what the people in the painting are thinking.

Someone is looking at us.
the lady

Let's stay calm and keep cool.
the man

Time to write How would *you* describe the painting?

MINI TASK

American Gothic, a new version!

1. **Draw your own version of the painting.**
Your teacher will put it on the board along with all your classmates' drawings.

Use the canvas in your workbook on p. 141.

2. **Prepare to describe your drawing. Can your friends spot it?**

In my drawing, the man is smiling. He is wearing a red sweater and he is holding flowers.

Dans cette leçon, tu as appris :

Vocabulaire
- La description d'une œuvre
→ Entraîne-toi p. 111

Grammaire
- Le Présent BE + V-ing (forme affirmative)
→ Entraîne-toi p. 112

LESSON 2

Paintings tell stories

What is she doing?

Norman Rockwell, 1952

Norman Rockwell (1894-1978) : an American painter, well-known for his illustrations of everyday American life. His neighbours and their children often served as models for his paintings. You can visit his museum at: nrm.org.

Norman Rockwell with Chuck and Mary, the two models for this painting.

1 **Look at the painting on p. 106.**
a. Imagine its title.
b. Check with your teacher. Do you think this is a good title? Why?

2 **Listen to Mary.**
Identify the vignettes she is commenting on.

This is vignette n°... because Mary...

Time to write Use Mary's comments to fill in the balloons. WB p. 78

3 **Game time!**
Choose one of the vignettes. Explain what is happening. Will your friends guess it correctly?

e efe6352
Mary Whalen Leonard, the child model, comments on the painting.

HELP

Pour mieux comprendre cet audio, appuie-toi sur :
- les mots accentués ;
- les sons et les bruits ;
- les scènes représentées sur le tableau.

MINI TASK !

What is he doing?

Look at this painting carefully.

1. **Listen to two children playing a guessing game.**
Can you spot the vignettes?
e efe6353

2. **Now it's your turn!**
Play "Spot the vignette" with a classmate.

Is he brushing his teeth?

No, he isn't! Guess again...

Is he drinking?

Yes, he is!

So it's number ... !

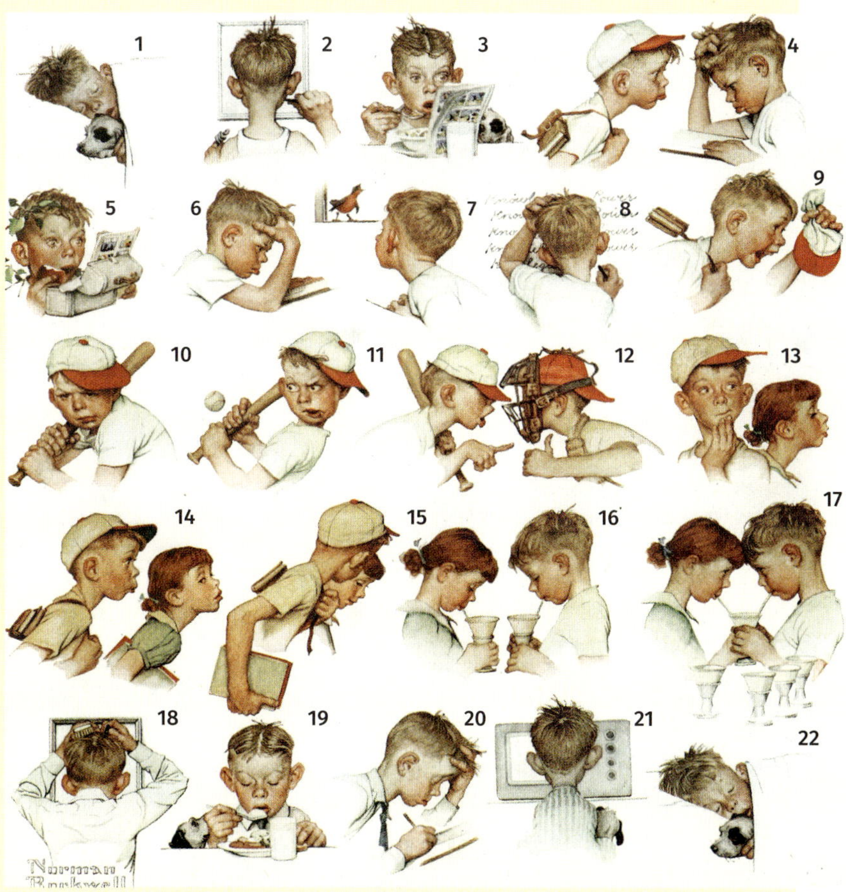

Day in the Life of a Boy, Norman Rockwell, 1952

Dans cette leçon, tu as appris :

Vocabulaire
- Les verbes d'action
→ Entraîne-toi p. 111

Grammaire
- Le Présent *BE* + V-*ing* (formes négative et interrogative)
→ Entraîne-toi p. 113

FINAL TASK!

Play "Guess what I'm doing!"

Pense à utiliser le lexique p. 110.

1 Make a strip about your activities outside school.

You can draw it, take pictures, or make a collage. Be creative!

2 Explain what is happening in each vignette. Cover one activity.

3 Then play! Your classmates will ask questions to guess what you are doing.

Are you talking to your brother?

No, I'm not!

NEED HELP?

Follow the guide!

NEED HELP?

Étape par étape, organise ton travail.

1 Relis bien la consigne : Make a strip about your activities outside school.

a. Choisis le moment de la journée que tu souhaites montrer :

le matin avant l'école ? | le soir après l'école ? | le weekend ?

b. Choisis les quatre activités que tu vas illustrer. Recherche le vocabulaire nécessaire. *Par exemple :*

football → play football

dog → walk the dog

Utilise les mots de la page WORDS, ou fais des recherches dans un dictionnaire bilingue.
→wordreference.com par exemple

2 Prépare tes vignettes.

a. Illustre chaque activité : dessin, photo, collage…

b. Écris une phrase simple pour chaque image (sauf bien sûr pour celle que tu vas cacher !), puis essaie de l'enrichir. *Par exemple :*

Enrichis tes descriptions et tes commentaires en ajoutant des détails.
→le lieu, les gens avec qui tu es, pourquoi tu fais cette action…

- I'm having lunch.
- I'm having lunch with my friends.
- I'm having lunch with my friends at the canteen.
  I'm eating a sandwich and listening to my friends.
  I'm smiling because my friends are telling a joke.

3 Relis-toi et vérifie que tes phrases sont correctes.

Par exemple :

I'm eating a sandwich and I'm listening to my friends.

BE + *V-ing* est nécessaire ici. J'ai bien conjugué l'auxiliaire *BE* et ajouté *-ing* à la base verbale.

Ce verbe est bien orthographié.

J'ai utilisé le bon déterminant possessif.

J'ai bien mis ce mot au pluriel.

Te voilà fin prêt(e) pour la FINAL TASK !

WORDS

Apprends ces mots avec leur prononciation !

Describing a picture

efe6354

at the top

on the left — in the **mi**ddle — on the right

at the **bo**ttom

I can see...
there is ... / there are ...
maybe...

Describing someone

efe6355

He looks like (*an old man*)
He looks (*shocked*)
He seems (*surprised*)

look like + ***nom***
look + ***adjectif***

look **an**gry (*at somebody*)
= mad (*at somebody*)
look **se**rious /ˈsɪəriəs/

With friends

efe6356

talk (*to sb*) /tɔːk/

argue (*with sb*) /ˈɑːgjuː/

have fun

have a (birthday) **par**ty
= **ce**lebrate /eɪ/

Movement

efe6357

walk /wɔːk/

run

ride a bike /aɪ/ /aɪ/

stretch,
stretch your legs

jump

push /ʊ/

hold /həʊld/

Daily activities

efe6358

wake up /eɪ/

get up

take a **show**er (US)
have a **show**er (UK)
/ˈʃaʊə/

brush your teeth /ʌ/ /tiːθ/

have

breakfast

lunch

a snack

dinner /ɪ/

brush your hair,
do your hair /h/

put your clothes on /kləʊðz/
= get dressed

go to school

study /ʌ/

go back home

do your **home**work

take your clothes off
= get un**dressed**

go to bed,
go to sleep /iː/

Vie quotidienne

1 ✱ **Dans quel ordre fais-tu les choses suivantes ?**

brush my teeth – have lunch – take a shower – go to school – get dressed – go to bed – do my homework – have dinner – get up – have breakfast – go back home

Complète ensuite ton agenda :

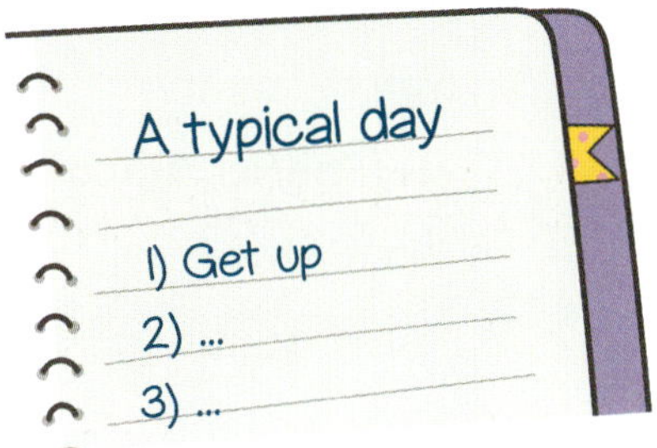

2 Dictation time! efe6359

✱ **Écoute et repère les mots manquants. Puis recopie les phrases dans ton cahier.**

1. In the morning, I have ...
2. Then I have ...
3. I normally ... to school.
4. But when I'm late, I need to ... !

Actions et mouvements

3 Pronunciation efe6360

a. Écoute les mots suivants :

walk talk

Une lettre n'est pas prononcée. Laquelle ?

b. Écoute maintenant d'autres mots.

Trouve la lettre « muette » :

listen know half calm
Christmas castle

Entraîne-toi à prononcer ces mots.

Lettres muettes
Ce sont des lettres qu'on ne prononce pas à l'oral. Attention, prononcer ces lettres peut empêcher d'être compris !

4 ✱✱ **Simon says...**

Choisis un mot ou une expression dans les parties *Daily activities* ou *Movement*, et joue à « Jacques a dit » avec tes camarades.

Décrire

5 ✱✱✱ PAR GROUPES DE 4 **Choisis l'un de ces tableaux :**

Untitled, Keith Haring, 1989

Pop Shop 1, Keith Haring, 1987

Jeu 1
Décris le tableau à tes camarades ; ils devront le dessiner.

Pense à décrire : les positions, les couleurs, les mouvements, les sentiments...

Jeu 2
Dicte à tes camarades ce qu'ils doivent faire pour « mimer » le tableau.

Qui est le plus proche de l'original ?

Poursuis l'entraînement ! WB p. 79

Le Présent *BE* + V-*ing* (forme affirmative)

Tu as vu que le Présent simple permet de donner une information (→ p. 64). Lorsque l'on veut faire « plus » que cela (par exemple expliquer, commenter...), on peut utiliser le Présent *BE* + V-*ing*.

The man is holding his pitchfork.

The woman is looking off to the right.

BE conjugué au Présent + base verbale + -*ing*

I'm standing
You're standing
He/She/It's standing
We're standing
You're standing
They're standing

Rappel :

- Attention à l'orthographe !

have → *having* — On supprime le 'e' avant d'ajouter -*ing*.

sit → *sitting*

swim → *swimming* — On double la consonne finale.

1 **Tu es devenu un expert du tableau *American Gothic* ! Complète cette description.**

Choisis la bonne conjugaison de *BE* : *is* ou *are* ?

1. The man and woman ... standing in front of a farmhouse.
2. The man ... holding a pitchfork.
3. The woman ... looking off to the right.
4. They ... looking very serious!

2 **Es-tu aussi fort en orthographe qu'en art ? Ajoute la terminaison -*ing* à ces verbes, puis fais une phrase avec l'un d'entre eux.**

laugh – explain – describe – play – put – guess – sit – try

3 **Le jeu *Name That Art* (p. 105) a beaucoup plu aux internautes ! Complète ce commentaire.**

Conjugue les verbes au Présent *BE* + V-*ing*.

Watch here, how Alexa, 5 years old, ... (*try*) to make art experts guess which artwork she ... (*look at*)! She ... (*describe*) *American Gothic*, but the two art experts ... (*sit*) in front of her and can't see the painting. This is 'Name That Art' and it's a lot of fun!

4 **Mary, qui a posé pour le tableau *Day in the Life of a Little Girl* (p. 106), commente certaines images.**

Conjugue les verbes au Présent *BE* + V-*ing*.

1. In this picture, I ... (*get up*).
2. Here, I ... (*run*) because I'm late for school.
3. In this picture, Chuck and I ... (*ride*) a bicycle.
4. And here, I ... (*have fun*) with my friends.
5. We ... (*celebrate*) my birthday.

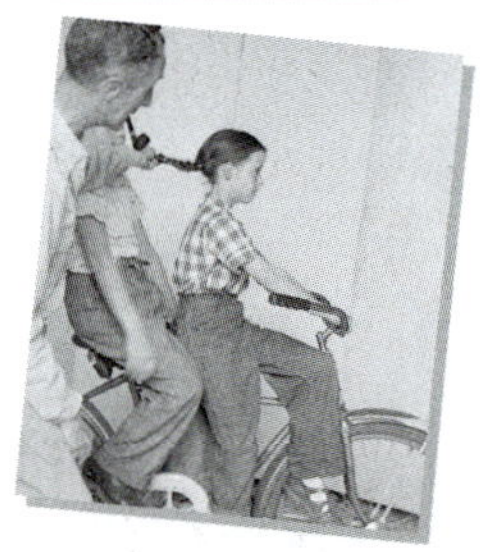

5 **Pronunciation** efe6361

a. Écoute ces phrases en faisant attention à la prononciation des verbes. Que remarques-tu ?

Alexia is **talk**ing.
The two art experts are **laugh**ing.
I'm **enjoy**ing this!

b. Entraîne-toi à prononcer ces phrases.

Prononciation des verbes en -*ing*
On ne prononce presque pas le 'g' à la fin de la terminaison -*ing*. C'est la base verbale qui est accentuée :

guessing **look**ing

Le Présent *BE* + V-*ing* (formes négative et interrogative)

Au Présent *BE* + V-*ing*, *BE* est l'auxiliaire :

Guess the picture!

OK… Is she sleeping?

No, she isn't.

Is she running?

Yes, she is!

- ***BE*** passe **devant le sujet** dans les questions :
  → *Am I guessing right?*
- Il porte la marque de la **négation** :
  → *She isn't sleeping.*
- Il est repris dans les réponses brèves :
  → *No, she isn't.*

1 ★ **Tu t'en poses des questions aujourd'hui ! Complète ces phrases.**

Choisis la bonne conjugaison de *BE* : *am, is* ou *are* ?

1. … you watching a film?
2. Look, it's Jamie! Where … he going?
3. Look at me and guess: what … I thinking?
4. It smells good. What … they eating?
5. I can't see Raya. … she dancing?

2 ★★ **Les ombres chinoises, c'est joli mais pas toujours clair. À ton avis, que font ces personnages ? Pour chaque image, pose-toi deux questions.**

1

Is he… ?

2

Is she… ?

3

Are they… ?

3 **Dictation time!** efe6362

★★ **a. Écoute bien ces questions, puis écris-les dans ton cahier.**

b. Réponds à l'une d'elles par écrit.

4 ★★ IN PAIRS **Choisis un personnage. Ton voisin devra deviner de qui il s'agit.**

Is he wearing a black cap?

No, he isn't!

5 ★★★ IN PAIRS ***Right or wrong?***

a. Écris quatre phrases à propos du tableau p. 106 :

deux phrases vraies | deux phrases fausses

b. Lis tes phrases à ton voisin.

Saura-t-il démêler le vrai du faux sans regarder le tableau ?

Poursuis l'entraînement !
WB p. 82-83

Choose your activities!

Early finishers

An artist was born...

- Voici trois œuvres célèbres. Peux-tu imaginer ce qu'elles représentent ?

Girl in the Mirror
by Roy Lichtenstein

People in the Sun
by Edward Hopper

No Swimming
by Norman Rockwell

- Choisis l'une d'elles. Dessine ou décris ce que tu imagines, puis demande à ton professeur de te montrer l'œuvre originale.

Read and draw!

Lis la description de cette peinture et essaie de la dessiner dans ton cahier.

In this painting, there are three silhouettes.
The one on the left is red. The one in the middle is yellow.
The one on the right is green.
They are standing up. The red and yellow silhouettes are touching their friend's shoulders in the middle.

Acting time!

IN GROUPS

Remember Harry?
He is selling his house!

Remember Harry?
He is selling his mouse!

- Chaque personnage pense transmettre le même message, mais modifie un mot. Que se disent-ils ? Imaginez leurs propos.

WB p. 84

- Jouez la scène !

The Gossips,
Norman Rockwell, 1948

JEU NUMÉRIQUE
Take a quiz!

PROJECT 9

Junior Rangers

Bienvenue !

Dans ce chapitre, tu vas :

- Découvrir les parcs nationaux américains.
- Découvrir les règles à respecter dans ces parcs.

LESSON 1

Discover Junior Rangers

1 Meet Ranger Ruby

▼ Ranger Ruby in Congaree National Park, South Carolina, USA

VIDEO

e efe6400

Ruby explains what a Junior Ranger is.

1 Get ready.
Look at the picture above and imagine all you can about Ruby.

2 Watch the video — Part 1.
a. Were you right?
b. Organize your findings about Ruby and complete her ID card. WB p. 86

3 Watch Part 2, focusing on the following:

① 

② 

③ 

a. What are they?
b. How can you earn badges?

4 Let's recap!
What does a Junior Ranger do? WB p. 86

2 Take the pledge!

JUNIOR RANGER PLEDGE

As a Junior Ranger, I want to be a protector of the national parks. When I visit the parks, I pledge[1] that…

1. I will stay on the paths and trails.
2. I will help keep the park clean by not littering[2] or polluting.
3. I will not feed, pet or harass wildlife[3].
4. I will not harm plants, so they will be there for other people to enjoy.
5. I will talk to my friends and family and encourage them to protect the parks, too.

1. 2. 3. *Ruby explains the vocabulary* e efe6402

AUDIO | e efe6401 Ruby reads the pledge

New Junior Rangers taking the pledge at the Grand Canyon National Park

1. **Look at the picture and its caption.**
   a. What do you think "taking the pledge" means?
   b. Listen to Ruby's definition of "pledge".
2. **Read the Junior Ranger pledge and listen to Ruby reciting it.**
   What words are repeated?
3. **Illustrate the pledge with your own drawings.** WB p. 87
   Share your illustrations with the class and earn your first badge!

Time to write Imagine two more promises to complete this pledge.

pick flowers | step on insects | protect … | respect …

MINI TASK!

Recite the Junior Ranger pledge.

To become a Junior Ranger, you must write and recite your own pledge. Start practising by reciting the pledge above.

1. **Listen to Ruby again and practise saying each line.**
   You can…
   - repeat each line after her.
   - pause her recording and complete her lines.
2. **Take the pledge in front of the class or record it, and earn your second badge!**

Dans cette leçon, tu as appris :

Vocabulaire
- Protéger la nature
  → Entraîne-toi p. 123

Grammaire
- *WILL*
  → Entraîne-toi p. 124

LESSON 2

Discover American National Parks

1 Three famous parks

VIDEO

e efe6403

Many natural wonders…
National Parks of the USA - Kids Academy

Yellowstone National Park

Biscayne National Park

Grand Canyon National Park

1. **Look at the photos on p. 118.**
Which park do you want to visit first? Why?
2. **Watch the video.**
Does it confirm your choice?
Why or why not?
3. IN GROUPS **Watch the video again and collect information about the parks.**
a. Complete your Junior Ranger booklet and earn a badge! WB p. 88
b. Find where the three parks are on the map. WB p. 89

Time to write Write a visitor's review about one of these parks. WB p. 90

Discover more national parks with Ranger Ruby on YouTube!

YouTube

Ranger Ruby
573 subscribers

HOME VIDEOS PLAYLISTS ABOUT

Hello Rangers!
Welcome to Ranger Ruby YouTube Channel! I am very passionate about the National Parks and I want to share my passion with you!

2 Protect national parks

AUDIO | efe6404 Ruby explains the park rules

1. **Listen to Ruby.**
Can you spot any of the rules on this poster?
2. IN GROUPS Explain what you must or must not do in a national park.
WB p. 90

MINI TASK!

Contribute to the Junior Ranger booklet.

Ready to earn your fourth badge? Write a page to explain the rules in a national park. Add illustrations!

National Parks
Please follow these rules:
1 You must...
2 You mustn't...

Dans cette leçon, tu as appris :

Vocabulaire
- La nature et les animaux
→ Entraîne-toi p. 123

Grammaire
- *MUST / MUSTN'T*
→ Entraîne-toi p. 125

FINAL TASK!

Complete your final challenge and get your Junior Ranger Certificate!

Pense à utiliser le lexique p. 122.

1 Take the ultimate Junior Ranger Quiz.

Are you really a Junior Ranger? Test your knowledge and skills with the quiz your teacher will give you.

2 Write your own pledge.

Use:

- what you know about US National Parks
- the rules in the parks
- the Junior Ranger motto → JUNIOR RANGER · EXPLORE · LEARN · PROTECT

3 Practise delivering your pledge.

4 Take the pledge and receive your Junior Ranger Certificate!

NEED HELP? Follow the guide!

NEED HELP?

Entraîne-toi à mémoriser !

1 Pose-toi des questions.

a. Prépare 6 questions sur des informations de ce chapitre que tu souhaites retenir.

b. Fabrique une fiche par question : au recto, ta question, au verso ta réponse.

Se poser des questions aide à mieux mémoriser.

What is the motto of a Junior Ranger?

explore-learn-protect

Ajoute des aides visuelles !

c. Entraîne-toi !
– Tu pioches la réponse : devine la question.
– Tu pioches la question : devine la réponse.

2 Associe tes idées à des images mentales.

L'image mentale est très efficace pour mémoriser des informations.

You mustn't litter because it's dangerous for animals.

3 Apprends des phrases… en commençant par la fin !

a. Écoute cette phrase et répète-la une fois en entier. efe6405

As a Junior Ranger, I want to be a protector of the national parks.

Pour mémoriser et mieux prononcer, apprends chaque phrase méthodiquement.

b. À présent, écoute et recommence depuis la fin.
– répète le dernier mot : parks
– puis l'avant-dernier et le dernier : national parks
– et ainsi de suite : a protector of the national parks

Te voilà fin prêt(e) pour la FINAL TASK !

WORDS

Apprends ces mots avec leur prononciation !

Scenery

efe6406

canyon

forest

geyser /gaɪ/

hot spring

lake /eɪ/

mountain /ˈmaʊntən/

tree /iː/

flower

reef /iː/

river

sea /iː/

Animals / Wildlife

efe6407

alligator /eɪ/

bear /beə/

bison /ˈbaɪsn/

beaver /iː/

bug /ʌ/

coy**o**te /kaɪˈəʊti/

deer /dɪə/

eagle /iː/

snake /eɪ/

turtle /ˈtɜːtl/

whale /eɪ/

Activities

efe6408

camping

ca**noe**ing /kəˈnuːɪŋ/

hiking /aɪ/

hunting

making a **camp**fire /faɪə/

fishing

Becoming a ranger

efe6409

a pledge = a **pro**mise

ex**plore**

- par**ti**cipate in (*the Junior Ranger Program*)
- learn
- pro**tect**
- earn a badge

Dos and don'ts of national parks

efe6410

feed **a**nimals /iː/

pick up plants

litter ≠ pick up trash

stay on the trail

go off trail

step on **in**sects

Nommer les animaux

1 ✱ **Trouve l'intrus**

1. chicken – bison – buffalo
2. whale – dolphin – horse
3. deer – cat – bear
4. marmot – beaver – eagle

Parler des activités

2 ✱✱ **Regarde ce panneau et note les activités que tu peux faire dans ce parc.**

3 Listen up! efe6411

✱✱✱ **Écoute Mike parler de ce qu'il aime faire à Yellowstone et note ses activités dans ton cahier.**

Parler des parcs nationaux

4 ✱✱ IN PAIRS ***National Parks scrabble***

Joue au scrabble avec un(e) camarade en utilisant les mots du chapitre. Combien de mots parviendrez-vous à placer ?

5 Listen up! efe6412

Note ce que tu as compris dans ton cahier.

✱✱✱ **Écoute Ruby décrire un de ces trois parcs nationaux. Sauras-tu l'identifier ?**

6 Pronunciation efe6413

a. Écoute ces mots. Entends-tu la différence de prononciation de la lettre en gras ?

n**a**tional p**a**rk
/æ/ /ɑ:/

b. Écoute à présent d'autres mots qui comportent ces sons. Classe-les, puis répète-les.

canyon – alligator – car – plant – animal – participate – trash – path – harm

/æ/	/ɑ:/
...	...

Les sons /æ/ et /ɑ:/

Une des particularités de l'anglais est d'avoir des sons **longs** et d'autres **courts**.
Il faut ainsi apprendre à distinguer le son long /ɑ:/ du son court /æ/.

a black car
/æ/ /ɑ:/

La présence des deux points signale que la voyelle est longue.

Poursuis l'entraînement !
WB p. 91

WILL

➡ On utilise *will* pour se projeter dans l'avenir et parler de ce qui a de fortes chances de se réaliser.

Will you take the Junior Ranger pledge?
BV

Yes! I pledge that:
I will stay on the paths and trails.
I will not feed, pet or harass wildlife.

WILL (comme *CAN*, que tu as vu p. 100) est un **auxiliaire** :
- Il accompagne un verbe qui est toujours à la base verbale.
- Il sert à construire les questions et les négations.

WILL **ne change pas,** quel que soit le sujet :
→ *I will stay..., he will visit...*

➡ À l'oral, *will* est généralement contracté :

I'll stay on the path. (I'll = I will)

I won't feed the animals. (won't = I will not)

1 ✱ **a. Les vacances approchent, c'est l'occasion de prendre de bonnes résolutions ! Choisis-en trois pour cet été.**

→ I will . . . . I won't . . . .

clean my room | eat tons of candy | do sports | help with the cooking | discover new places | sleep late | read books | send handwritten letters | wear my pajamas all day

b. Ajoute un intrus à ta liste : quelque chose que tu n'as pas DU TOUT l'intention de faire !
De retour en classe, lis ta liste à ton voisin. Saura-t-il démêler le vrai du faux ?

2 ✱ **Réécris les phrases suivantes à la forme contractée quand c'est possible.**

1. I will see you tomorrow.
2. Will you come to the beach with me?
3. I will not repeat it!
4. They will not visit us next summer. They are going to Australia.
5. Will they come for Christmas?

3 ✱✱ **Tes parents vous proposent de passer une semaine dans un parc national. Ta petite sœur rechigne à y aller. Imagine ses réponses.**

1. You will see wild animals!
   → ***Your sister:*** I'm sure we won't see wild animals!
2. We'll eat very good food!
3. You'll ride horses!
4. The Rangers will be very nice.
5. We will go camping!

4 ✱✱✱ **Tes parents veulent t'emmener au parc Joshua Tree. Pose toutes les questions qui te viennent à l'esprit !**

temperature | activities | sleep | food | ...

MUST

➡ Pour exprimer une obligation ou une interdiction, pour établir une règle, on peut utiliser *must*.

> You must stay on the paths.
> You mustn't feed the animals.

Forme négative
must + not = mustn't

Comme *CAN* et *WILL*, *MUST* est un **auxiliaire** :
- Il accompagne un verbe qui est toujours à la base verbale.
- Il sert à construire les questions et les négations.

MUST **ne change pas**, quel que soit le sujet :
→ *I must stay..., he must visit...*

1 ★ **Fais preuve de logique ! Complète ces phrases avec *must* ou *mustn't*.**

1. You ... light fires in the forests.
2. You ... put your rubbish in the bin.
3. You ... respect the animals.
4. You ... get too close to animals.

2 ★★ **Tu es dans un 4x4, prêt à partir visiter le parc pour la journée. Utilise ces éléments pour expliquer les règles à bord :**

fasten your seatbelt | stand up | throw food waste through the window | speak quietly | get out of the car

3 Listen up e efe6414

★★ **Écoute Andrew parler du règlement au Musée d'histoire naturelle de New York. Puis, fais un panneau illustrant ce règlement.**

4 ★★★ **a. Choisis en secret un de ces lieux :**

McCarren Park Pool (Brooklyn, New York)

San Diego Zoo (California)

Death Valley National Park (California)

b. Imagine son règlement intérieur et écris-le.

c. Fais-le lire à un camarade qui devra deviner de quel lieu il s'agit.

5 Listen up e efe6415

★★★ **Tu vas entendre 5 règles. Trouve le panneau correspondant à chacune.**

a b c d e

6 Pronunciation e efe6416

a. Écoute bien ces phrases en faisant attention à la prononciation de *must* et *mustn't*. Dans quels cas entends-tu le 't' de *must* ?

1. People must learn about national parks.
2. People mustn't go off trails.
3. You must ask park rangers for help.
4. You mustn't get too close to wildlife.

b. Réécoute ces phrases et entraîne-toi à les prononcer.

Prononciation de *must*
- ***must*** n'est généralement pas accentué à la forme affirmative. Si ***must*** est suivi d'un son consonne, on ne prononce pas le "-t".

  You must learn ...
  /məs/ /lɜːn/

- Dans ***mustn't***, on ne prononce pas le premier "-t".

Poursuis l'entraînement !
WB p. 93-94

Choose your activities!

Early finishers

Look and recap!

- Observe cette carte pendant 1 minute, puis ferme ton livre et cite autant d'éléments que possible.
- Combien en as-tu trouvé ?

Think and create!

- Crée un nuage de mots en lien avec les parcs nationaux.
- Donne-lui une forme qui évoque la nature et... cache un intrus parmi ces mots. Tes camarades sauront-ils le trouver ?

park
green nature
pledge protect
forest flowers mountains
animals cupcake
hiking
deer
canyon
bug
tree

Guessing game

Lis chaque devinette et trouve l'animal décrit à l'aide des mots que tu reconnais.

① I have two legs and two wings.
I tip my head underwater to grab a snack.
I swim in the pond and waddle on land.
You can hear me from far away,
I talk with a quack.
Who am I?

② I howl quite loudly, usually at night.
I'm related to a pet you might find in your house.
My fur can be brown, gray, yellow or white.
Who am I?

③ I have big ears, but I am very small.
My fur is soft like a baby's blanket.
My tail feels like a fluffy cotton ball.
I live in the forest on the floor.
Who am I?

Riddle poems courtesy of Tyler Finley and Get to Know Society ©

JEU NUMÉRIQUE
Throw the dice
and build a sentence!

PROJECT 10

Coming to America

Immigrants to America in 1900

Immigrants to America in 2015

Bienvenue !

Dans ce chapitre, tu vas :

- Découvrir l'histoire d'immigrants aux États-Unis.
- Apprendre à parler du passé.

LESSON 1

Stories of Yesterday

Welcome to the American Immigration Museum!

Start the TOUR! Visit the *American Immigration Museum* on Ellis Island, New York, and discover the history of immigration in the USA.

AUDIO | efe6450 Immigration Museum audio guide

1 Many people emigrated to America from Europe in the 19th and 20th centuries. They migrated for various reasons.

Irish farmers, 1888

2 Immigrants travelled by boat. The ships sometimes carried 3,000 people at one time.

3 For many immigrants, the first view of America was the Statue of Liberty.

Immigration ship, 1906

New York Harbor, 1952

Interview at Ellis Island, 1950

>4 At Ellis Island, officers asked immigrants many questions.

>5 After leaving Ellis Island, immigrants started a new life in America.

Arriving in Manhattan, New York, 1930s

Here & There **Lady Liberty**

Did you know that the Statue of Liberty was a gift from France? It celebrates the cooperation between France and the US in America's Revolutionary War. There are several smaller versions in Paris.

→ *Can you search the web to find them?*

1. **Look at the photos.** What do they show?
2. **Read the short texts.** What links can you make with the pictures? WB p. 96-97
3. **Investigate!**
   a. Think about what you want to know.
   b. Listen to the audio guide to find out more.

Time to write

Complete the Visitor's Activity Guide with the information you have discovered. WB p. 96-97

MINI TASK!

Record an audio guide.

The museum needs an audio guide for three new pictures.

1. Discover these pictures. What can you say about them? WB p. 98
2. Choose one of them and write your script.
3. Practise reading it aloud, then record yourself.
   → *Why not listen to your classmates' audio guides?*

Dans cette leçon, tu as appris :

Vocabulaire
- Les verbes d'action
- Le voyage et l'immigration

→ Entraîne-toi p. 135

Grammaire
- Le Prétérit (1) : verbes réguliers + BE

→ Entraîne-toi p. 136

LESSON 2

Stories of Today

Meet Gabriella!

teacher.scholastic.com

NAME: Gabriella

AGE: 13 GRADE: 7th

CURRENT HOME: Austin, Texas

PLACE OF ORIGIN: Coahuila, Mexico

Three months ago, I moved to Austin, Texas, to learn English. I didn't know any English when I got here. My mother, sister, brother, aunt, grandmother, and I drove from our ranch in Coahuila, Mexico, to our new apartment in Austin. [...]

I was worried and excited to move. I didn't know people here; I didn't know things. I was really scared at first. My hardest moment was when I started school. At first, homework was really hard because everything was in English... [...]

I like a lot about America. I especially like my teachers. They are really nice here and very helpful. I like the stores and the mall. My favorite music is hip-hop and rock. I love to read books that are scary, funny, and beautiful. My favorite American foods are macaroni and hamburgers.

From teacher.scholastic.com, 2021

1. **Look at the yellow information card and the map.** What do you learn about Gabriella?
2. **Read the first paragraph of the text.** What else did you learn?
3. **Read the whole text.** Look for information about:

Gabriella's life before	her life now	her feelings

Need help? WB p. 99

Time to write Complete Gabriella's information card. WB p. 99

MINI TASK!

Choose ONE of the texts.

Discover another young American. (IN PAIRS)

One of you reads about Vandi, the other about Taylor.

1. **Read the child's story.** Complete his information card. WB p. 100
2. **Share his story with your partner.** Are there any similarities?

Text 1

teacher.scholastic.com

NAME: Vandi
AGE: 12 GRADE: 6th
CURRENT HOME:
PLACE OF ORIGIN:

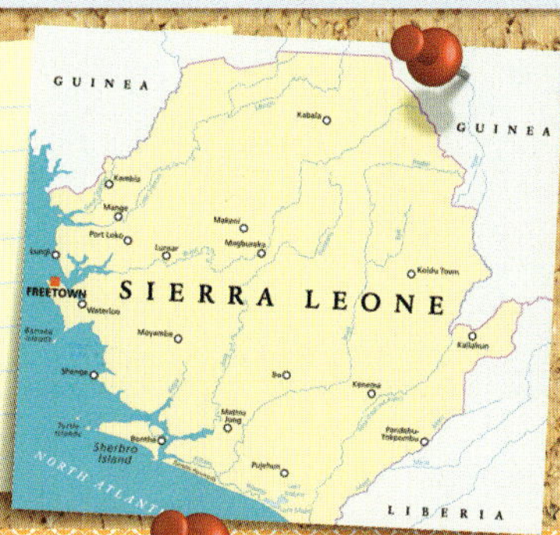

Hi, my name is Vandi and I was born in Freetown, Sierra Leone. There was a war in my home country, so we had to leave. […] Although I was sad to leave, coming here was amazing. It was my first time being in a real plane. My first impression of America was, "Wow! This is huge! It's really big!"
I like living in America. […] I go out with my sister on Halloween, and we get candy. We celebrate Valentine's Day. On Thanksgiving Day my mom cooks a turkey.

From teacher.scholastic.com, 2021

Text 2

teacher.scholastic.com

NAME: Taylor
AGE: 11 GRADE: 4th
CURRENT HOME:
PLACE OF ORIGIN:

My name is Taylor and I am Korean. My parents are Korean, but my brothers and I were born in Australia. I lived half of my life in Korea. We all moved to Atlanta, Georgia, in America, nine months ago. I was only a little nervous about moving because I was worried about how I was going to make friends and improve my English.
Everything here is different. In Korea, I eat Korean food, but here I eat steak and hamburgers. My favorite American food is macaroni and cheese.
I learned about trick-or-treating on Halloween. My mother bought me a costume, but it was too big so I handed out candy at home.

Dans cette leçon, tu as appris :

Vocabulaire
- Les émotions
  → Entraîne-toi p. 135

Grammaire
- Le Prétérit (2) : verbes irréguliers
  → Entraîne-toi p. 137

FINAL TASK!

Write an immigration story. Use what you learned about the USA this year!

Pense à utiliser le lexique p. 134.

1 List details about where you come from and how you travelled to the USA:

left from [*Paris, Marseille...*]

took a [*plane, ship...*]

arrived in [*New York, California...*]

2 Think about your feelings:

before leaving your country

when you arrived

3 Look through your textbook to find details about your new experiences:

surfing? | Halloween?

Junior Ranger program? | ...?

4 Find or draw images of important moments in your story:

on the plane? | trip to the skatepark?

your first New York hamburger?

...

5 Write your story using your notes and images.

Remember to use the past tense!

6 Assemble your story into a scrapbook[1] or a corkboard[2]. Present it to the class.

1. *exemple p. 128* – 2. *exemple p. 130*

NEED HELP?

Practise with these activities!

NEED HELP?

Écrire une histoire au passé

1 Range ces marqueurs de temps dans un ordre logique (plusieurs réponses possibles).

Finally | Then | After that | At that moment | First

> Les marqueurs de temps te permettent d'organiser ton récit.

2 Mets ces phrases au Prétérit pour raconter des faits passés.

I leave my hometown, and I go to the airport.

My family and I arrive in New York.
We immediately find a pizza place.

> Les verbes sont-ils réguliers ou irréguliers ?
> → Aide-toi du tableau p. 158.

3 Présent ou Prétérit ? Conjugue les verbes au temps qui convient.

My classmates ... (*welcome*) me on my first day.
In fact, now I ... (*like*) school in the USA!

I ... (*talk*) to my friends in France last night.
I ... (*miss*) them a lot.

> Même dans un récit à propos du passé, tu peux être amené(e) à faire des commentaires sur le présent.

4 On récapitule ! Utilise les éléments ci-dessous pour écrire trois phrases.

Then
First
Finally

Arrive in California
Visit the Pacific Ocean
Miss my friends
Call my friends in France on the phone
Travel by plane
See our new home

> - Pense à suivre un ordre chronologique et à varier Présent et Prétérit selon les besoins.
> - Ajoute des détails de ton choix.
> - N'oublie pas de te relire et de vérifier la ponctuation !

Te voilà fin prêt(e) pour la FINAL TASK!

WORDS

Apprends ces mots avec leur prononciation !

Feelings

efe6451

ex**ci**ted /aɪ/

hopeful

nervous /'nɜːvəs/

sad ≠ **hap**py

sur**prised** /aɪ/

tired /'taɪəd/

worried /ʌ/

scared /eə/

Description

efe6452

a**ma**zing /eɪ/

big = huge /hjuːdʒ/

helpful, nice /aɪ/

different ≠ **si**milar /'dɪfrənt/

difficult, hard ≠ **ea**sy /iː/

Adverbs

efe6453

es**pe**cially

really

too = also

very

a **lot**

a **li**ttle

Immigrating

efe6454

a ship, a boat

ar**rive** by (car, plane, boat) /aɪ/

drive from (...) to (...)

take the plane = fly /aɪ/

leave (*your*) home **coun**try /iː/ /ʌ/

move to the U**ni**ted States

travel

Adapting

efe6455

move to a **hou**se, an a**part**ment

search for a job /ɜː/

start school

make new friends

im**prove** /uː/ (*your*) **En**glish

learn a new **lan**guage

dis**co**ver new tra**di**tions (**Ha**lloween, **Thanks**giving, **Va**lentine's Day...)

Parler de ses émotions

1 **Classe ces adjectifs. Sont-ils positifs, négatifs… ou les deux ?**

nervous • happy • excited • tired • hopeful • sad • worried • scared • nervous

🙂	🙁
…	…

2 **Dans chaque série, repère l'intrus.**

1. worried – nervous – hopeful
2. small – huge – big
3. happy – tired – excited

3 **Complète ces témoignages avec des adjectifs qui conviennent.**

1. We didn't know anyone in the USA, so we were … when we arrived.
2. We looked at the Statue of Liberty and felt …
3. From food to architecture – everything looked so …!
4. We were happy to be in the US, but … to leave our home country.
5. The new language was very … for us!

Parler de l'immigration

4 **Associe chaque verbe ou expression au moyen de transport correspondant.**

1

2

3

take a plane · drive · fly · travel by car · travel by boat

5 **Reconstruis l'histoire de Gabriella ! Complète les phrases avec les verbes suivants :**

discovered · drove · enjoys · started

1. Gabriella … from Mexico to Texas.
2. When she … school, it was very difficult.
3. Soon she … that her teachers were helpful.
4. Now she … time with her new friends.

Parler de la culture

6 **Associe chaque fête à sa tradition.**

Halloween · Thanksgiving · Valentine's Day

1. Go trick-or-treating for candy
2. Give cards with hearts on them
3. Eat turkey

7 **Que faire quand on arrive dans un nouveau pays ? Complète ce guide.**

HOW TO ADAPT TO A NEW COUNTRY

1 Learn a new language

2 …

3 …

4 …

8 **Pronunciation** efe6456

Écoute ces phrases. Que remarques-tu ?

The trip across the Atlantic was **really** hard.

After two weeks on the ships, the people were **very** tired.

Ships carried lots of immigrants. Sometimes up to 3000 in one single ship!

Quels mots sont particulièrement accentués ? Pourquoi à ton avis ?

Insister à l'oral en anglais

On marque l'insistance en faisant monter l'intonation (et en s'attardant un peu) sur le mot que l'on veut mettre en avant.

I was **so** excited! There were **thousands** of people.

Poursuis l'entraînement ! WB p. 101

GRAMMAR

Le Prétérit simple

Pour parler d'événements passés et révolus, on peut utiliser le Prétérit simple.

The trip across the Atlantic lasted two weeks.
The immigrants arrived in New York.

Did you travel with your family?
(Sujet : you – Base verbale : travel – Auxiliaire *DO* au Prétérit : Did)

Yes, I did. / No, I didn't travel with my family.

Pour former le Prétérit simple des verbes **réguliers**, on ajoute la terminaison *-ed* à la base verbale, à toutes les personnes.

Pour les questions, les négations et les réponses courtes, on utilise l'auxiliaire ***DO***. C'est lui qui prend la marque du Prétérit : *did*.

Comment utiliser *BE* au Prétérit ?

BE est un verbe **irrégulier**.
Il a deux formes au Prétérit :

The journey was hard. Were you very tired?

I, he, she, it	**was**	in America.
We, you, they	**were**	in America.

1 Dictation time! efe6457

Écoute ces phrases, puis complète-les.

1. Millions of immigrants ... to leave.
2. They ... when they saw New York.
3. The ships ... at Ellis Island.
4. Immigrants ... for jobs in the USA.

2 Complète ces phrases avec le verbe qui convient, conjugué au Prétérit.

discover | ask | look for | hope for

1. Immigrants ... a new life in America.
2. People on the ship ... the Statue of Liberty.
3. Officials at Ellis Island ... many questions.
4. Immigrants ... a new world.

3 Voici les réponses d'un jeune immigrant à son arrivée à Ellis Island. Peux-tu retrouver les questions qui lui ont été posées ?

1. The ship departed on December 12th.
   → When did the ship...?
2. We decided to immigrate because of my dad's job.
3. No, my mother didn't work.
4. We lived in Dublin.

4 Complète cette conversation entre deux immigrants au début du 20e siècle.

- "How ... your journey to the USA?"
- "It was good, but very long. Did you arrive today, too?"
- "No, we ... yesterday. Today is our medical examination."
- "Oh, our medical examination ... yesterday. The doctors ... very nice."
- "Were they? Great! Goodbye and good luck!"

5 Pronunciation efe6458

a. Écoute ces verbes conjugués au Prétérit simple. Entraîne-toi à les prononcer.

emigrated /ɪd/ lived /d/ stopped /t/

b. Écoute d'autres verbes et classe-les selon la prononciation de leur terminaison :

decided – lasted – searched – asked – started – needed – moved – learned

/ɪd/	/d/	/t/

Prononciation de la terminaison *-ed*
Elle se prononce de trois façons différentes, selon le son qui la précède.

Focus sur les verbes irréguliers

Certains verbes ont un Prétérit irrégulier : il faut l'apprendre par cœur ! →Liste p. 158

I was very excited when I got here.
(get)

We drove from our ranch in Coahuila, Mexico.
(drive)

My mother bought me a costume.
(buy)

Pour les questions, les négations et les réponses courtes, c'est toujours l'auxiliaire ***DO*** qui prend la marque du Prétérit : ***did***.

When did you get here?
(Sujet → you ; Base verbale → get ; did = Auxiliaire *DO* au Prétérit)

1 Résume ce que tu as appris sur l'immigration !

1. Many immigrants in 1900 ... their trip by boat. (*make*)
2. The first thing they ... was the Statue of Liberty. (*see*)
3. They ... interviews with officials at Ellis Island. (*have*)
4. In New York, they ... food that was new to them. (*eat*)
5. Their teachers ... them help with English. (*give*)

Tous ces verbes sont irréguliers ! Conjugue-les au Prétérit en t'aidant de la liste p. 158.

2 Dictation time! efe6459

Écoute ces phrases, puis recopie-les dans ton cahier en les complétant.

1. Gabriella ... to the US from Mexico.
2. She ... worried and excited.
3. Her family ... a big house in Mexico.
4. They ... an apartment in Texas.

3 Complète l'histoire de Gabriella.

Utilise le verbe ***BE*** au Prétérit.

Gabriella ... nervous to move. Her mother and sister ... with her when she arrived. School ... difficult at first, because everything ... in English, but her new teachers ... very helpful.

4 Chacun vit l'immigration de manière différente. Complète les amorces pour donner l'autre point de vue !

1. Some immigrants liked their first American foods. → Other immigrants did not...
2. Some learned English very quickly. → Others...
3. Some teachers gave extra help. → Other teachers...
4. Some people had an easy immigration experience. → Other people...

5 Voici les réponses d'un nouveau camarade de classe. Il est un peu intimidé, et tu as mal entendu une partie de ses phrases. Quelles questions vas-tu lui poser ?

1. I moved to the US three months ago.

   Sorry, when did you... ?
2. I was born in South Korea.
3. I felt a little bit anxious before leaving.
4. I only knew two English words when I arrived: "Hello" and "Goodbye".

Poursuis l'entraînement ! WB p. 103-104

Choose your activities!

Early finishers

Acrostic poem

- Choisis un mot de la liste p. 134.
- Utilise-le pour écrire un court poème sur l'immigration.
- Il peut rimer ou pas, à toi de choisir !

T ravel to a new country
I magine your future
R ead in a new language
E xplore a new culture
D ream of a new life

Illustrated vocabulary

Pour mieux retenir les mots nouveaux, transforme-les en images !

Choisis des mots du chapitre. Chaque image doit contenir le mot et en exprimer clairement le sens.

A postcard

Nous sommes en 1900, et tu viens d'émigrer en Amérique.
Écris une carte postale à ta famille pour raconter ton expérience.

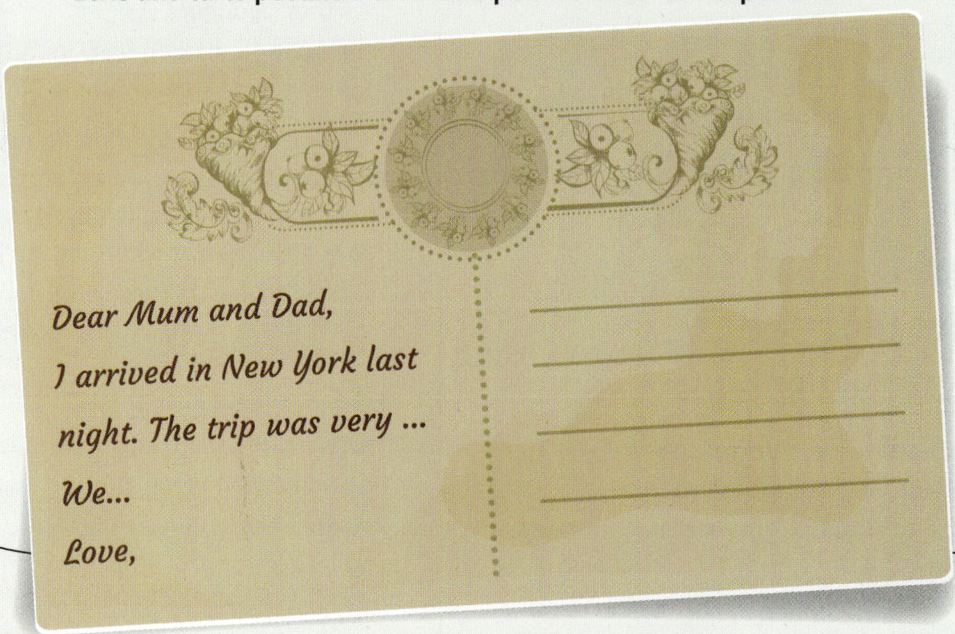

CLASS GAMES

CLASS GAMES

Spelling bee competition

1. Discover the competition

VIDEO

efe6500
An extract from the movie *Akeelah and the Bee*

1. **Watch the scene and enjoy.** ☺
2. **Act out the scene.**

You play Akeelah	The class plays the jury

2. Get ready

1 Learn your alphabet!

a. Listen to the alphabet and look at the letters.

AUDIO

efe6501
The alphabet

À quoi correspondent les différentes couleurs ?

A B C D E F G
H I J K L M N
O P Q R S T U
V W X Y Z

b. Practise saying the alphabet aloud.

Can you go faster?	Sing the alphabet if you like!

2 Tricky letters

efe6502

a. Listen and repeat.

a e g i j o r y

b. Listen and find the missing letter in each word.

h_n pi_
c_t _wl

3 Hangman

Pupil 1: Choose a word
Pupil 2: Try to guess this word! Suggest letters... Will you win?

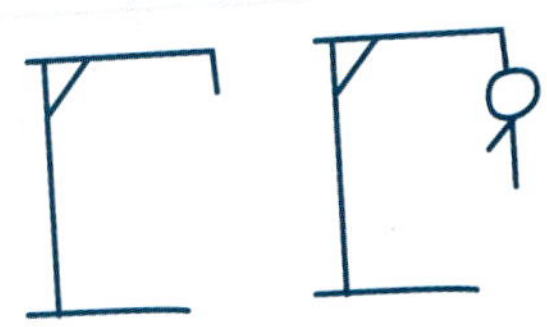

ex. OR _ N _ E

3. Now compete!

WHEN?

Your teacher decides the day and the time.

WHERE?

In class.

WHO?

Pupils who like challenges!

- A jury of pupils will say the words
- The contestants will spell the words

The rules

★ Keep calm.

★ Listen to the word carefully. Need help? You can ask questions!

★ Spell the word and say it.

★
- Can you spell "blue"?
- b-l-u-e, blue.
- Correct!

Authorized questions

- Can you repeat, please?
- Can I have the definition, please?
- Can I start over?

CLASS GAMES

Drama club

1. Warm up!

Pass the word

Pass your classmates' words and movements as fast as possible.

ALTERNATIVES
→ You can...

- ★ Pass two words — Good morning!
- ★★ Pass the sentence — See you tomorrow!
- ★★★ Pass the line — You say "yes", I say "no"

Count to 21... without flinching!

Pupil 1 says the first number, then points at the next pupil. If someone fails, start over from the beginning!

ALTERNATIVES
→ You can...

- ★★ Go through the alphabet — A B C

Yes, let's!

Participants mimic actions that are suggested by their classmates.

Pupil 1: Let's go bowling!

Others: Yes! Let's!
and they mimic the activity.

Pupil 2: Let's go skating!

Etc.

Word ping pong

Participants respond to each other with words that are related.

YOU CAN PLAY WITH:

- the days of the week
- school material
- animals
- personality
- Etc.

Tongue twisters

Listen to these tongue twisters and practise repeating them. efe6503

1. I scream, you scream,
we all scream for ice cream!
2. I have a date at a quarter to eight.
I'll see you at the gate, so don't be late!
3. So, this is the sushi chef.
4. Four fine fresh fish for you.
5. Snap crackle pop (x 3).
6. Willie's really weary.

Drama club

2. On stage!

Put on your pirate costume and act out this poem!

PIRATE CAPTAIN JIM

"Walk the plank," says Pirate Jim.
"But Captain Jim, I cannot swim."
"Then you must steer us through the gale."
"But Captain Jim, I cannot sail."
"Then down with the galley slaves you go."
"But Captain Jim, I cannot row."
"Then you must be the pirate's clerk."
"But Captain Jim, I cannot work."
"Then a pirate captain you must be."
"Thank you, Jim," says Captain Me.

Shel Silverstein, 1974

AUDIO

e efe6504
Pirate Captain Jim

1. **Listen to the poem and look at the illustration.**
   Do the activities in your workbook to help you understand the poem. WB p. 143
2. **Listen again, and practise saying the lines.**
3. **Choose your activity:**

★ Play word karaoke with the boy's lines

e.g. "Walk the plank!"
says Captain Jim.
But Captain Jim,
I cannot swim.

e efe6505

★ Play line karaoke with the boy's lines

e.g. "Walk the plank!"
says Captain Jim.
But Captain Jim,
I cannot swim.

e efe6506

★★ Act out the poem in pairs

- Choose your role and practise saying your lines.
- Think about:
  – *the mise-en-scène*
  – *your costumes*
  – *your accessories*
- Go on stage and impress your classmates!

Act out the emotions from the movie *Inside Out*!

The French Lesson

AUDIO

efe6507 *The French Lesson*

CHARACTERS
- Joy
- Anger
- Fear
- Sadness

JOY:
I'm so excited! Isn't this exciting, everyone?

ANGER:
Exciting? We're at school! School is not exciting, Joy!

JOY:
But we're learning French! A new language! It's so cool!

FEAR:
Cool? You mean, "frightening"! All those new words...

JOY:
Well, we already use French words in English.

ANGER:
Oh, I sure don't!

SADNESS:
Hum... Yes, Joy is right. We use French words, like "bouquet", and "rendez-vous", and "café!"

FEAR:
And "tortilla!"

ANGER:
What?! "Tortilla" is not French!

FEAR:
Oh sorry, Anger, I'm really sorry... But, are you sure?

ANGER:
Yeah!

SADNESS:
Hum... Yes, Fear, I think Anger is right... "Tortilla" is Spanish.

JOY:
Spanish is great! I love Spanish! Let's study Spanish!

ANGER:
NO! I don't want to learn French, I don't want to learn Spanish, I just want to speak English, voilà!

They all exchange embarrassed looks.

JOY:
Huh... Anger?

ANGER:
WHAT?!

JOY:
I think 'voilà' is... French...

ANGER:
Mph...

Rupert Morgan, 2016

1 Get ready

- Listen to the scene as you read it.
- Make sure you understand the situation.

Soit attentif aux émotions exprimées par chaque personnage.

2 Choose your role

- Practise saying it. Aide-toi de l'enregistrement !
- Start rehearsing with your group. Think about:

the mise-en-scène | your costumes | your accessories

3 Action!

Go on stage and impress your classmates!

CLASS GAMES

Trivia challenge

1. Prepare your game

1. Look at the cards and spot the different categories: vocabulary • geography • culture
2. Look at the questions on the cards. Write more questions for each category.

VOCABULARY

Add a word to the list: *shoe, trousers...*

jacket socks hat gloves ...

GEOGRAPHY

Is Cardiff the capital city of Wales ?

a. yes
b. no

CULTURE

Where does the royal family spend Christmas?

a. Sandringham
b. Baltimore
c. Buckingham Palace

3. **Look at the answers on the cards.** Use these examples to add answers to your questions. Underline the right answer.
4. **Create your cards and copy your questions and answers.**

2. Start playing!

Give your cards to the game host. He/she will read the questions out loud.

THE RULES

Be fair play!

- Raise your hand before giving the answer.
- Listen to your classmates.
- Ask politely if you want the host to repeat the question.

You will win 2 points for each correct answer.

ULTIMATE CHALLENGE!

Are you ready to compete in the *e for English* 6e official end-of-the-year trivia game?

1. Revise everything from the start... since September!
2. Get intro groups. You teacher will give you cards.
3. Compete!

Get better at...

Get better at...

Listening

Des conseils pour progresser !

Chercher à comprendre un document, c'est comme mener une enquête :

1. On se prépare
2. On cherche des indices
3. On met ces indices en relation pour trouver le message

1 Prépare-toi

- Fais-toi confiance : tu vas comprendre plus de choses que tu ne crois.
- Sers-toi des indices que tu peux trouver autour du document.

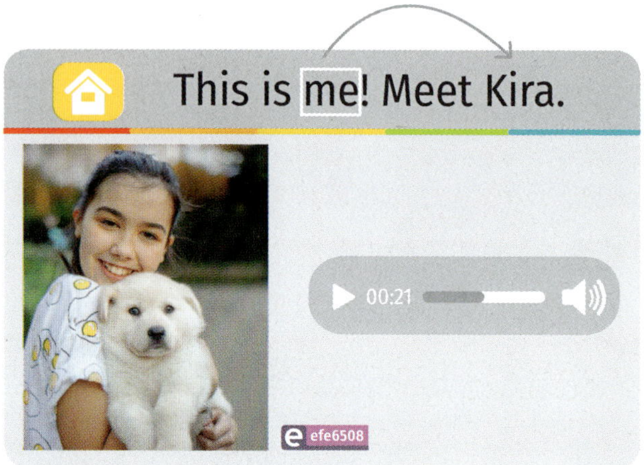

À toi de jouer !

- À quoi t'attends-tu dans cet audio, lorsque tu observes l'image et le titre ? **Essaie de trouver 3 indices.**

2 Utilise des indices pour chercher des informations

À toi de jouer !

- Écoute le document.

AUDIO

efe6508 *This is me! Meet Kira*

1. **Vérifie si tes hypothèses étaient correctes.** L'audio semble-t-il les confirmer ?
2. **Écoute à nouveau pour obtenir plus d'informations.**

- Tu peux t'appuyer sur les mots que tu reconnais, mais aussi sur :

Les mots accentués et répétés
Ce sont ceux qu'on entend le plus car ils sont les plus importants. Arrives-tu à les repérer ?

Hi ! I'm **Kira**. I **go** to a **school** in **North London**. I **have**...

Les images dans une vidéo
Elles illustrent bien souvent ce qui est dit.

Le ton des personnes
Est-il neutre, joyeux, en colère, triste ?

Le nombre de personnes qui parlent
Kira est-elle seule ? Entends-tu d'autres personnes ?

Les bruits environnants
Tu entends des rires à la fin de l'audio. Que peux-tu en déduire sur ce qu'a dit Kira ?

3 Reconstruis le message

- Rassemble ce que tu as compris et essaie de retrouver les liens entre ces éléments.
- Si besoin, réécoute l'audio de Kira. e efe6508

school → London one → sister → 12 → Rosa

dog + cat → Harry ↔ girl !

À toi de jouer !

- Explique ce que tu as compris, oralement ou par écrit.

Kira fréquente une école à Londres. Elle a...

4 Entraine-toi en t'amusant !

À toi de jouer ! e efe6509

- Pour chaque série, trouve l'image dont parle la personne.

1 

2 

3 

4 

5 

Entraine-toi régulièrement !

Écoute un peu d'anglais tous les jours – par exemple :
- les jeux *Listen up* dans ton workbook ;
- des films et séries en V.O. sous-titrée ;
- des émissions pour enfants en anglais...

Get better at...

Speaking

Des conseils pour progresser !

Pour s'exprimer en anglais, il faut s'entraîner à penser directement en anglais ! Au début ce n'est pas facile... Pour y arriver :

1. On prépare ce que l'on va dire
2. On s'entraîne à bien prononcer
3. On ose se lancer !

1 Prépare ce que tu veux dire

Pense à ce que tu souhaites dire sans passer par le français !

1 Fais un brouillon oral

- Rassemble tes idées dans ta tête et commence à parler.
- Si tu as un peu de temps pour te préparer, tu peux aussi noter quelques idées par écrit.

2 Identifie tes besoins

Liste les mots et phrases qui te manquent.

Et si tu veux dire un mot mais que tu ne le connais pas ?

À LA MAISON

Tu peux chercher dans un dictionnaire en ligne : Larousse bilingue, wordreference...

EN CLASSE

- Pose la question.

  What's the English for "pâtisserie"?

- Essaie de trouver un synonyme ou un mot moins précis :

  Je veux dire : "I like... faire de la pâtisserie"

  Je dis : I like cooking.

À toi de jouer !

- Réfléchis aux sujets ci-dessous et prépare-toi à prendre la parole :

  - Summer holidays
  - My family
  - My favourite actor/actress

N'hésite pas à t'entraîner et à recommencer plusieurs fois pour améliorer ton intonation et ta prononciation !

2 Entraîne-toi à bien prononcer

Une bonne prononciation est essentielle en anglais : un mot mal prononcé peut signifier autre chose !

1 Quand tu écoutes de l'anglais...

Repère les mots et tournures de phrases qui pourraient t'être utiles pour t'exprimer.

2 Prends l'habitude de t'écouter et de corriger tes productions orales...

- Répète les mots à voix haute.
- Enregistre-toi en utilisant le site vocaroo.com et compare avec un modèle.

À toi de jouer ! e efe6510

- Écoute la phrase suivante.

accent de la phrase et intonnation

This is really exciting!

liaison — prononciation

- Répète cette phrase en imitant le plus fidèlement possible la manière dont elle est dite.

À toi de jouer ! e efe6511

- Tu vas entendre des phrases.
  Écoute-les bien puis répète-les le plus fidèlement possible.

3 Lance-toi !

Plus tu t'entraîneras, plus tu seras à l'aise pour t'exprimer devant les autres. Cette confiance en toi te servira aussi dans les autres matières.

EN CLASSE

Saisis toutes les occasions de participer !

À LA MAISON

- Répète les répliques en V.O. de tes films ou séries préférés.
- Chante tes chansons préférées.

Entraine-toi régulièrement avec ces sites très utiles :

BBC Learning English
→ Pour apprendre du vocabulaire et bien prononcer

howjsay
→ Très pratique pour chercher définition et prononciation des mots nouveaux

English Central
→ Tu y trouveras beaucoup de vidéos adaptées à ton niveau

Get better at...

Reading

Des conseils pour progresser !

Chercher à comprendre un document, c'est comme mener une enquête :

1. On se prépare
2. On cherche des indices
3. On met ces indices en relation pour trouver le message

1 Prépare-toi

- Fais-toi confiance : tu vas comprendre plus de choses que tu ne crois.
- Utilise les indices que tu peux trouver sur le document.

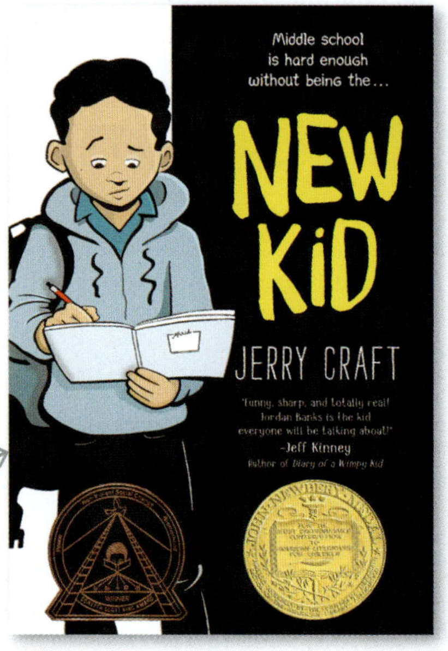

À toi de jouer !

- Qu'apprends-tu sur ce livre grâce à sa couverture ? **Essaie de trouver 3 indices.**

2 Cherche des indices dans le document

- Concentre-toi sur ce qui te semble facile.

My sister is a doctor.

Appuie-toi sur :
- les **mots que tu connais déjà**
- les **mots transparents** (qui ressemblent au français)

À toi de jouer !

- Combien de mots comprends-tu dans le texte suivant ?

Stanley is my brother. He is passionate about tennis and science. He goes to his school science club every Wednesday. And he loves books about volcanoes!

Tu en comprends 3 ? Tu deviens **détective junior**. ★
Tu en comprends 5 ? Tu deviens **détective accompli**. ★★
Tu en comprends plus de 8 ? Bravo, tu deviens **détective expert** ! ★★★

- Essaie maintenant de **mettre en relation** les mots que tu as compris pour dire tout ce que tu as appris sur Stanley.

3 Va plus loin dans ton enquête !

Quand tu lis un texte, repère :

Les mots qui commencent par une majuscule :
S'agit-il du nom d'une personne ou d'un lieu, d'une nationalité, d'un jour de la semaine, etc. ?

Les nombres :
S'agit-il d'un âge, d'une quantité, d'une date... ?
→ *16 + years **old** = l'âge*

La ponctuation :
Indique-t-elle la présence d'une question ? D'un lien entre deux phrases ? Etc.

Les pronoms
Ils te permettent de savoir si quelqu'un est de sexe masculin ou féminin, si on parle d'une seule personne ou de plusieurs.

Les répétitions :
Elles indiquent souvent que la chose répétée est importante.

À toi de jouer !

- Résous cette énigme :

He is American. He is from New York City.
He is 16 years old.
He is very famous for his superpowers:
he can jump very high and run very fast.
And he can even shoot spider webs...
Do you know this superhero?

- Laisse de côté les mots qui te gênent au début.
- Utilise ton bon sens et le contexte pour deviner le sens de certains mots inconnus.
- Tu bloques un peu ? Échange avec tes camarades. Mettez en commun ce que vous avez compris.

Devine le sens de ce mot grâce à sa construction et au contexte

He is very famous for his superpowers:
he can jump very high and run very fast.

Aide-toi de la ponctuation. Ici, après les deux points, on peut s'attendre à trouver un exemple.

Entraine-toi régulièrement !
Lis un peu d'anglais tous les jours : des magazines, des livres avec du texte et des images, des articles en ligne, des blogs, etc.

Get better at...

Writing

Des conseils pour progresser !

Pour écrire, mobilise ce que tu sais déjà dire en anglais en essayant de ne pas partir du français. Pour cela :

1. On se prépare
2. On s'inspire de modèles
3. Peu à peu, on apprend à complexifier ses phrases !

1 Prépare-toi

Évite les pièges suivants...

→ Vouloir dire autant de choses en anglais qu'en français.

→ Penser en français et vouloir tout traduire mot à mot.

...même s'ils sont tentants !

1 **Lis bien ton sujet.**

Imagine your ideal Halloween party.

2 **Liste les mots dont tu pourrais avoir besoin.**

→ candy – costumes – friends – pumpkins – games – etc.

3 **Écris des phrases simples.**

→ My friends are here. They have scary costumes! ...

- Trouve des solutions quand tu n'as pas de dictionnaire sous la main. Utilise des synonymes ou accepte d'être moins précis :

Je veux dire : « mon cousin est chirurgien » J'écris : My cousin is a doctor.

- Lance-toi ! Faire des erreurs permet de progresser !

À toi de jouer !

- Réfléchis aux sujets ci-dessous et note tes idées... en anglais.

Introduce yourself.	My name is... I'm ...
What's your favourite day?	I like Wednesday because I play tennis.
Imagine a new identity.	My name's Tyler. I'm American.
What do you like about summer?	the beach – the sea – ice cream...

2 Inspire-toi de modèles

Quand on débute, s'inspirer d'un modèle est très utile. Entraîne-toi à bien écrire… en recopiant !

À toi de jouer !

- Recopie attentivement les phrases suivantes :

1. Today is Monday, September 19th.
2. The English-speaking world is vast.
3. My best friend is in my class.
4. Rock'n roll is a very dynamic dance, but I prefer hip hop.

Fais attention :
- à l'orthographe des mots,
- aux majuscules,
- à la ponctuation.

- Peux-tu repérer les différences d'orthographe avec le français ?

À toi de jouer !

- Utilise ce modèle pour écrire un petit texte sur toi en changeant les informations en gras.

Hello! My name's **Arthur**.
My favourite colour is **red**.
My favourite sport is **archery**.
My favourite pudding is **carrot cake**.

3 Complexifie

Entraîne-toi à passer peu à peu de phrases simples à des phrases plus complexes.

- I am 12.
- I am 12. I'm British.
- I am 12 and I'm British.
- I am 12. I'm British and I live in Liverpool with my family.
- I am 12, I'm British and I live in Liverpool with my parents and my two sisters. They're annoying sometimes but I love them!

À toi de jouer !

- Parle de toi ou d'un personnage imaginaire en utilisant les phrases ci-dessus comme modèle.

À toi de jouer !

- Enrichis les phrases ci-dessous en ajoutant des informations. Pense à te relire et à vérifier l'orthographe !

1. *I have a new friend…*
2. *My favourite sport is…*
3. *Tom Gates is funny…*

Entraine-toi régulièrement !

- Commence un journal intime en anglais. Écris la date, ton humeur et tes activités du jour…
- Rédige des devinettes pour tes camarades : fais-leur deviner une célébrité, un personnage, un film, un artiste…

Grammar Essentials

1 Les pronoms

Pronom personnel sujet		Pronom personnel complément	
I	*I can play the guitar.*	me	*Listen to me!*
you	*You're the best!*	you	*I admire you!*
she	*She is funny.*	her	*I like her.*
he	*He is my neighbour.*	him	*I live next to him.*
it	*It is very good.*	it	*I love it!*
we	*We need help.*	us	*Can you help us?*
you	*Tom and Kate, you're late!*	you	*I'm waiting for you!*
they	*They can surf.*	them	*Look at them!*

2 Les adjectifs possessifs

my	*My sister is cool.*
your	*I like your jacket.*
her	*Her bag is pink.* 
his	*His bag is grey.* 
its	*Its colour is red.* 
our	*Our garden is small.*
your	*Kids, open your books, please!*
their	*I love their house.*

3 *BE* et *HAVE* au Présent

I am	I have
you are	you have
she/he/it is	she/he/it has
we are	we have
you are	you have
they are	they have

4 *BE* et *HAVE* au Prétérit

I was	I had
you were	you had
she/he/it was	she/he/it had
we were	we had
you were	you had
they were	they had

5 Les mots interrogatifs

Who	*Who are you?* (Qui es-tu ?) *Who's coming with me?* (Qui vient avec moi ?)
What	*What's your name?* (Comment tu t'appelles ?) *What is it?* (Qu'est-ce que c'est ?) *What's wrong?* (Qu'est-ce qui ne va pas ?) *What's going on?* (Que se passe-t-il ?) *What are you doing?* (Que fais-tu ?)
What time	*What time is it?* (Quelle heure est-il ?)
When	*When did you see her?* (Quand l'as-tu vue ?)
Where **Where... from**	*Where is my bag?* (Où est mon sac ?) *Where are you from?* (D'où viens-tu ?)
Why	*Why is he angry?* (Pourquoi est-il en colère ?)
How **How old** **How much** **How many**	*How are you?* (Comment vas-tu ?) *How old are you?* (Quel âge as-tu ?) *How much is it?* (Combien ça coûte ?) *How many biscuits do you have?* (Combien de biscuits as-tu ?)
Whose	*Whose book is it?* (À qui est ce livre ?)

6 Les adverbes de fréquence

Olivia **always** wakes up early.

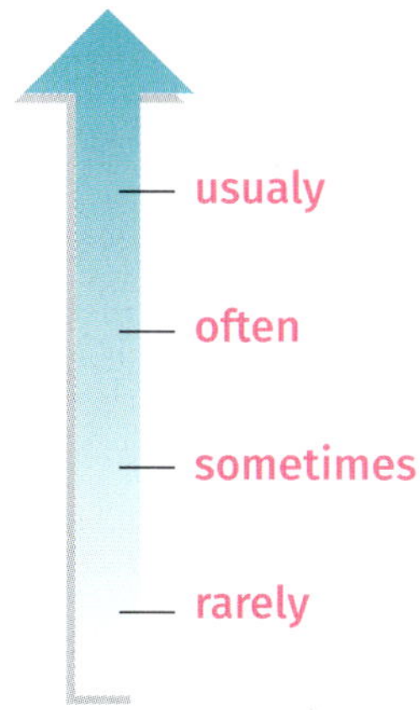

Olivia **never** wakes up early.

7 Les prépositions de lieu

a**bove**

at (*the bus stop*)

be**hind**

in **front** of

in the **mid**dle of

next to
= **close** to

be**tween**

far ≠ near

in = **in**side

on = on **top** of

opposite

up ≠ down

8 What time is it?

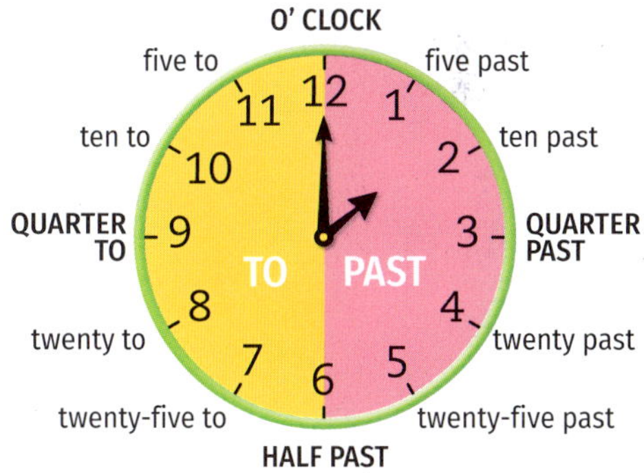

It's a quarter past nine.

It's twenty to six.

Tu peux aussi dire : *It's nine fifteen* / *It's five forty*

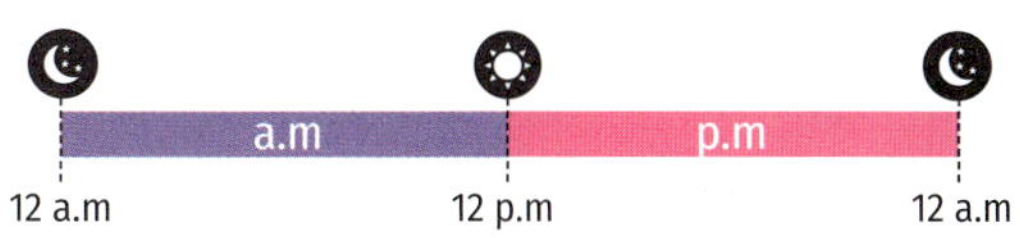

9 Verbes irréguliers au Prétérit

Infinitif		Prétérit		Traduction
be	/biː/	(I/she/he/it) was (you/we/they) were	/wɒz/ /wɜː/	être
become	/bɪˈkʌm/	became	/bɪˈkeɪm/	devenir
break	/breɪk/	broke	/brəʊk/	casser
bring	/brɪŋ/	brought	/brɔːt/	apporter
buy	/baɪ/	bought	/bɔːt/	acheter
come	/kʌm/	came	/keɪm/	venir
do	/duː/	did	/dɪd/	faire
drive	/draɪv/	drove	/drəʊv/	conduire
eat	/iːt/	ate	/eɪt/	manger
fall	/fɔːl/	fell	/fel/	tomber
feel	/fiːl/	felt	/felt/	ressentir
find	/faɪnd/	found	/faʊnd/	trouver
get	/get/	got	/gɒt/	obtenir, arriver
give	/gɪv/	gave	/geɪv/	donner
go	/gəʊ/	went	/went/	aller
have	/hæv/	had	/hæd/	avoir
hurt	/hɜːt/	hurt	/hɜːt/	blesser, faire mal
leave	/lɪːv/	left	/left/	quitter, partir
make	/meɪk/	made	/meɪd/	faire, fabriquer
meet	/miːt/	met	/met/	rencontrer
put	/pʊt/	put	/pʊt/	mettre
read	/riːd/	read	/red/	lire
run	/rʌn/	ran	/ræn/	courir
say	/seɪ/	said	/sed/	dire
see	/siː/	saw	/sɔː/	voir
send	/send/	sent	/sent/	envoyer
take	/teɪk/	took	/tʊk/	prendre
tell	/tel/	told	/təʊld/	dire, raconter
think	/θɪŋk/	thought	/θɔːt/	penser
understand	/ʌndəˈstænd/	understood	/ʌndəˈstʊd/	comprendre
wake	/weɪk/	woke	/wəʊk/	(se) réveiller
win	/wɪn/	won	/wʌn/	gagner
write	/raɪt/	wrote	/rəʊt/	écrire

Références des images

Couverture (bd) ti-ja/E+/Gettyimages ; **Couverture (hd)** mariva16/iStockphoto ; **Couverture, 43, 5 (bg, hd, b, hd)** ©Laura Ashman/Text and illustration © Liz Pichon, 2014 The right of Liz Pichon to be identified as the author of this work has been asserted by her. ; **12 (1)** Zeff Photo Stock/Alamy ; **12 (2)** Marka/Alamy ; **12 (3)** Val Thoemer/Alamy ; **12 (4)** DWD-Comp/Alamy ; **12, 13, 14, 18, 22, 26, 4** Paul Wood/US Department of Education ; **16 (mm)** Designed by brgfx/Freepik ; **18 (m)** The Beatles, 1964. Scene form the film "A Hard Day's Night" directed by Richard Lester, 1964. © The Granger Collection, New York/The Granger Collection/Collection Christophel ; **18 (hbd)** Loop Images Ltd./Alamy ; **18 (hhd)** chrisdorney/AdobeStock ; **18 (bd)** Robert Wisdom/Dreamstime.com ; **19 (h)** carterart/Vecteezy ; **19 (mg)** Kevenodes/Vecteezy ; **19 (mm)** Gelpi/AdobeStock ; **19 (bm)** 9george/123rf ; **22** Diary of Wimpy Kid "Wimpy Kid Do-It-Yourself Book" by Jeff Kinney (first published in the US by Harry N Abrams, 2008, Puffin Books 2008) © Jeff Kinney, 2008. Wimpy kid text and illustrations copyright © 2008, 2011 Wimpy kid, Inc. "Diary of a Wimpy kid" and Greg Heffey cover images are tradermarks if Wimpy Kid, Inc. Book design by Jeff Kinney and Chad W. Beckerman. Cover photograph by Geof Spear, colouring on last sixteen colour comics by Nate Greenwall. All rights reserved ; **23, 25** Dessins librement inspirés de *The Wimpy Kid* by Jeff Kinney pour illustrer les propos des élèves ; **26 (bd)** takoburito/iStockphoto ; **27 (hm)** alexshyripa/AdobeStock ; **27 (mg)** pixelrobot/AdobeStock ; **27 (mm)** Africa Studio/AdobeStock ; **27 (bm)** Natalia Samorod/AdobeStock ; **27 (hd)** Tarzhanova/AdobeStock ; **27 (mhd)** picsfive/123rf ; **27 (bd)** Primastock/AdobeStock ; **27 (mbd)** gonzalocalle/AdobeStock ; **28 (2,4)** jlgw/Stockimo/Alamy ; **28 (2,3)** Paul Sampson/Concepts/Alamy ; **28 (2,2)** studiomode/Alamy ; **28 (2,5)** Chiara Maiutto/Alamy ; **28 (2,1)** unimage/123rf ; **31 (b)** valentinrussanov/GettyImages ; **31, 32, 34, 5 (h, hg, hg, hg, hg)** Designed by kjpargeter/Freepik ; **32 (hd)** Roger Cracknells/classic/Alamy ; **32, 33 (bd, B)** Seventyfour/AdobeStock ; **33 (D)** LightFieldStudio/Agefotostock ; **33 (I)** svetikd/GettyImages ; **33 (H)** Shaun Cunningham/Alamy ; **33 (A)** SeventyFour/GettyImages ; **33 (C)** dolga chov/iStockphoto ; **33 (E)** yumehana/iStockphoto ; **33 (F)** Yakobchuk Olena/AdobeStock ; **34 (hd)** Isabelle Cassini/Alamy ; **34 (mhg)** David Pimborough/AdobeStock ; **34 (mmg)** evemilla/iStockphoto ; **34 (mbd)** Hayati Kayhan/AdobeStock ; **34 (mmd)** Raymond C. Eichelberger/Shutterstock ; **34 (mbg)** CorinaDanielaOrbetas/AdobeStock ; **34 (hm)** hanneliese/AdobeStock ; **34 (hg)** Jiri Hera/AdobeStock ; **34 (mhd)** memoriesarecaptures/iStockphoto ; **34 (bd)** zgurski1980/AdobeStock ; **34 (bg)** karenfoleyphotography/Alamy ; **35** Shotshop GmbH/Alamy ; **43, 45 (hm, md)** Text and illustration © Liz Pichon, 2021 The right of Liz Pichon to be identified as the author of this work has been asserted by her. ; **43, 44, 53 (bd, bg, hg, hm)** Text and illustration © Liz Pichon, 2011 The right of Liz Pichon to be identified as the author of this work has been asserted by her. ; **44, 46 (hg, hg)** Text and illustration © Liz Pichon, 2019 The right of Liz Pichon to be identified as the author of this work has been asserted by her. ; **44 (hm)** Mr O ; **44 (md)** PhotoAlto/Frederic Cirou/GettyImages ; **45, 52 (hg, hg)** Text and illustration © Liz Pichon, 2013 The right of Liz Pichon to be identified as the author of this work has been asserted by her. ; **46, 47** Text and illustration © Liz Pichon, 2020 The right of Liz Pichon to be identified as the author of this work has been asserted by her. ; **51 (13)** Pool/Samir Hussein/GettyImages ; **51 (6, 7)** usage worldwide/DPA/Photononstop ; **51 (3)** Verwendung weltweit/DPA/Photononstop ; **51 (8)** imago images/Paul Marriott ; **51 (2)** Samir Hussein/GettyImages ; **51 (1, 5)** DPA/Photononstop ; **51 (10, 11, 12)** Geoffrey Robinson/Alamy ; **51 (9)** Guy Corbishley/Alamy ; **51 (4)** Frederic Legrand - COMEO/Shutterstock ; **52 (mm)** Steven May/Alamy ; **55 (bg)** Patricia E. Thomas / Alamy ; **55, 56, 58, 6 (hd, hg, hg, hg)** marilyn barbone/AdobeStock ; **56 (Ag)** Luke Nash, Norfolk Photographer ; **56 (Ch)** Awakening/GettyImages ; **56 (D)** uckyo/AdobeStock ; **56 (Bg)** ecummings00/AdobeStock ; **56 (Bm)** powerofforever/iStockphoto ; **56 (Ad)** WPA Pool/Gettyimages ; **57 (F)** Danny E. Martindale/GettyImages ; **57 (G)** Max Mumby/Indigo/GettyImages ; **57 (E)** PA Images/Alamy ; **57 (h)** Designed by starline/Freepik ; **58 (h)** Designed by Freepik ; **59 (bg)** Radharc Images/Alamy ; **59 (hg)** N8tureGrl/iStockphoto ; **60, 63 (md, hd)** Designed by Freepik ; **65 (bg)** Randy Shropshire/GettyImages North America/GettyImages via AFP ; **65 (md)** "Howe the Grinch Stole Christmas!"directed by Chuck Jones & Ben Washam Film CompanyY MGM/UA Home Entertainment, 1966/AF archive/Alamy ; **66** Designed by lunnadesign/Freepik ; **67, 70** "The Witches", 2020, de Robert Zemeckis, Anne Hathaway. Collection ChristopheL © Warner Bros. - ImageMovers - Double Dare You (DDY) - Esperanto Filmoj - Necropia Entertainment - The Jim Henson Company ; **67, 68, 70, 5 (hd, hg, hg, hd)** sqback/iStockphoto ; **69 (bmm)** "Harry Potter and the sorcerer's stone", 2001 Réal Chris Columbus, Alan Rickman. Collection Christophel © Warner Bros. / Heyday Films ; **69, 71 (hd, hd)** Illustration by Quentin Blake/United Agents ; **69 (bm)** Designed by Freepik ; **70 (mdm)** Designed by upklyak/Freepik ; **70 (md)** Designed by mariia_fr/Freepik ; **71 (hg)** Copyright © The Roald Dahl Story Company Ltd/Quentin Blake, 1983, 1984, 2020/Puffin Books/Penguin Random House Children's, UK ; **75 (hd)** Designed by macrovector/Freepik ; **76 (bm)** "Snow White and The Seven Dwarfs", 1937 by David Hand, © Walt Disney/Collection Christophel ; **79** Woodward ; **79, 80, 82, 7 (hd, hg, hg, hg)** Jozz/iStockphoto ; **80 (mg)** Andrew Schoener ; **80 (bd)** Lewis Royden ; **80 (md)** Mel Melcon/GettyImages ; **80 (bg)** Brian Caissie/Gettyimages ; **81 (hd)** Luciano/AdobeStock ; **81 (md)** California Dreamin/Alamy ; **81 (bm)** redchocolatte/iStockphoto ; **81 (mg)** Ednurg/AdobeStock ; **82 (mg, bd)** "Skateboarder Sky Brown's Draw Her Life", A GoldieBlox "Draw My Life Series"/GoldieBlox ; **82 (md)** Kevin Winter/GettyImages North America/GettyImages via AFP ; **83 (hg, md)** Whistle Youtube ; **83 (hd)** Image Source/Gettyimages ; **86 (bm)** lucato/AdobeStock ; **86 (bg)** blueringmedia/AdobeStock ; **90 (md)** Designed by macrovector/Freepik ; **91, 92, 93, 94, 99, 101, 102, 7 (b, hg, bd, ex5)** © P & Co. Ltd./SC 2021 Licencié par Copyrights ; **91 (hd)** smartboy10/iStockphoto ; **92 (hm)** "Paddington 2" © 2017 StudioCanal, S.A.S. "Paddington BearTM, PaddingtonTM, and PBTM are trademarks of Paddington and Company Limited www.paddington.com © P & Co. Ltd./SC 2021 Licencié par Copyrights ; **95 (1)** robertharding/Alamy ; **95 (2b)** dmitry Naumov/AdobeStock ; **95 (4)** PhotocreoMichal Bednarck/Shutterstock ; **95 (3h)** Daniel Durgan/EyeEm/GettyImages ; **95 (6)** Stefan Kiefer/Image Broker/Photononstop ; **95 (5)** samott/AdobeStock ; **95 (2h)** Artur Debat/GettyImages ; **95, 101 (3b, bm)** "The Shard" by Renzo Piano Building Workshop in collaboration with Adamson Associates (Toronto, Londra)/Panagiotis Kotsovolos/Alamy ; **95** Designed by Nenilkime/Freepik ; **99 (hd)** Ian Macpherson London/Alamy ; **99 (hg)** Анастасия Красавина/AdobeStock ; **99 (4b)** Designed by vectorpouch/Freepik ; **100 (2,1,2)** kosmozoo/iStockphoto ; **100 (2,4)** Tanya St/iStockphotophoto ; **100 (2,3)** dlyastokiv/AdobeStock ; **100 (3,4)** Daniel Berckman/AdobeStock ; **100 (3,5)** sljubisa/AdobeStock ; **100 (3,1,2)** sharpnose/AdobeStock ; **100 (3,3)** vera_90/AdobeStock ; **102 (b)** Designed by pikisuperstar/Freepik ; **103 (bg)** "Minion Gothic Art Print" Le Duc ; **103 (hg)** Digital Art "American Gothic revisited" - © Tony Leone ; **103, 104, 8 (hd, h)** akg-images ; **104, 106 (hg, hg)** Romaoslo/iStockphoto ; **104 (bm)** akg-images/TT News Agency/SVT ; **105** "Name That Art: Alexa", 2016, Google Arts & Culture ; **106, 107 (m, bm, hm, bg)** Printed by permission of the Norman Rockwell Family Agency Copyright ©1952 the Norman Rockwell Family Entities ; **106, 107, 112 (bm, hm)** Norman Rockwell Museum Collection ; **108, 109 (1, 2, bg)** © Mark Lund ; **109 (mg)** Martin Brett/Alamy ; **109 (mm)** EyeEm/Alamy ; **111 (md, bd)** Keith Haring artwork © Keith Haring Foundation ; **113 (md)** "Lunch in the Sky", Inconnu, attribué à Charles Clyde Ebbets, 1932, Bettmann Archive/Theo Thibault/Alamy ; **113 (2,1)** Snap2Art/AdobeStock ; **113 (2,2)** Bokica/AdobeStock ; **113 (2,3)** scusi/AdobeStock ; **114** Norman Rockwell (1894-1978), "The Gossips," 1948. Painting for "The Saturday Evening Post" cover, March 6, 1948. Oil on canvas. Private collection. ©SEPS: Curtis Publishing, Indianapolis, IN.. Printed by permission of the Norman Rockwell Family Agency Copyright ©1948 the Norman Rockwell Family Entities ; **115, 9 (hd, hg)** Wenn Rights Ltd/Alamy ; **115 (b)** Gleb Tarro/500px Prime/Gettyimages ; **116 (3,1)** NPS/Alamy ; **116, 120 (3,2, mm)** Patti McConville/Alamy ; **116, 118 (hg, hg)** © NPS/Rachel Hendrix/https://npgallery.nps.gov/ ; **117 (hd)** ©NPS/Michael Quinn/https://npgallery.nps.gov/ ; **118 (h)** Yegorov/Shutterstock ; **118 (bg)** Masa Ushioda/Agefotostock ; **118 (bd)** Dean Fikar/GettyImages ; **119 (md)** dejanj01/iStockphotophoto ; **120 (bd, bg)** www.nps.gov ; **120 (bm)** Designed by Raftel/Freepik ; **121 (md)** CharlineXia Ontario Canada Collection/Alamy ; **123 (5,2)** Campout/Explore On ; **123 (5,1)** AnnieAndMeDesigns ; **123 (5,3)** Park Paperie ; **123 (2)** Designed by brgfx/Freepick ; **124 (bd)** Buddy Mays/Alamy ; **125 (4, bg)** Susan E. Degginger/Alamy ; **125 (4, hm)** Craig Lovell/Eagle Visions Photography/Alamy ; **125 (5,1)** boris faria/Shutterstock ; **125 (5,2)** jojoo64/iStockphoto ; **125 (5,3)** boris faria/Shutterstock ; **125 (5,4)** jojoo64/iStockphoto ; **125 (5,5)** Susan Montgomery/AdobeStock ; **125 (4, hg)** Jude Domsky/GettyImages ; **126 (bd)** "Texas state parks Junior Ranger life's better outside", Activity Journal, Texas Parcs & Wildlife, 2020, p13: Riddle poems courtesy of Tyler Finley and Get to Know Society © ; **126 (hd)** Illustrations from "Greeting from : 24 vintage-style postcards of National Parks across America" by Kathryn Hunter, copyright ©2018 by Kathryn Hunter. Used by permission of Clarkson Potter/Publishers, an imprint of Random House, a division of Penguin Random House LLC. All rights reserved ; **127 (hg)** Historical/GettyImages ; **127 (b)** FatCamera/GettyImages ; **127, 128, 130, 9 (hd, hg, hg, hd)** George Rinhart/GettyImages ; **128 (mg)** Heritage Images/GettyImages ; **128 (bg)** Popperfoto/GettyImages ; **128 (bd)** Buyenlarge/GettyImages ; **128 (hd)** architetta/DigitalVision Vectors/Gettyimages ; **129 (mg)** Bettmann/GettyImages ; **129 (bm)** Mike & Valerie Mille/AdobeStock ; **129 (hg)** Alfred Eisenstaedt/GettyImages ; **129 (md)** imageBROKER/Alamy ; **130, 131 (bd, hd, md)** From teacher.scholastic.com. Copyright by Scholastic Inc. Reprinted by permission of Scholastic Inc. ; **130 (md)** Panther Media GmbH/Alamy ; **130, 131 (mg, mm, mb)** Designed by GarryKillian/Freepik ; **131 (hmm)** Peter Hermes Furian/Alamy ; **131 (mm)** Panther Media GmbH/Alamy ; **133 (mg)** Designed by Freepik ; **135 (6)** zaricm/GettyImages ; **135 (7,1)** Victor Coscaron/EyeEm/GettyImages ; **135 (7,2)** Ariel Skelley/GettyImages ; **135 (7,3)** Fatcamera/GettyImages ; **135 (7,4)** Tetra Images/GettyImages ; **137** bauhaus1000/GettyImages ; **138 (b)** Designed by macrovector/Freepik ; **140** Wenn Rights Ltd./Alamy ; **141 (bd)** Tribune Content Agency LLC/Alamy ; **141 (hm)** kumara/AdobeStock ; **144** "Pirate Captain Jim" from "Where the Sidewalk Ends" by Shel Silverstein. ©1974, renewed 2002 Evil Eye, LLC. by permission of Edite Kroll Literary Agency Inc. ; **145** "Inside out", 2015, réal Pete Docter et Ronaldo Del Carmen © Walt Disney Pictures / Pixar Animation/ StudiosAllstar Pictures Library Ltd./Alamy ; **148, 152 (md, md)** Maksym Rudoi/iStockphoto ; **148 (bg)** ArenaCreative/AdobeStock ; **148 (bhd)** alekseyvanin/AdobeStock ; **148 (bmg)** Aha-Soft/AdobeStock ; **148 (bhg)** Anastasia Gapeeva/iStockphoto ; **148 (bmd)** Vladyslav Sereda/iStockphoto ; **148 (hm)** Carol Yepes/Moment/Gettyimages ; **149 (4m)** nito/AdobeStock ; **149 (1g)** ikonoklast_hh/AdobeStock ; **149 (1m)** etesaloutos/iStockphoto ; **149 (1d)** technotr/iStockphoto ; **149 (2g)** gi0572/AdobeStock ; **149 (2m)** saiko3p/123rf ; **149 (2d)** Gleb Ivanov/123RF ; **149 (3g)** PaylessImages/123RF ; **149 (3m)** nevodka.com/AdobeStock ; **149 (3d)** valery121283/AdobeStock ; **149 (4g)** subbotina/123rf ; **149 (4d)** Michael Shake/AdobeStock ; **149 (5m)** ateliersommerland/123RF ; **149 (5d)** adimas/AdobeStock ; **149 (5g)** Atelier Sommerland/Shutterstock ; **150** Maris Kiselov/AdobeStock ; **151 (bd)** Vyacheslav Dumchev/iStockphoto ; **152 (hd)** "New Kid" By Jerry Craft, Illustrated by Jerry Craft, 2019, Quill Tree Books/Copyright © 2021 HarperCollins Publishers All rights reserved. ; **153 (md)** amanalang/iStockphoto ; **153 (hhg)** katarinalas/AdobeStock ; **153 (hmg)** Kateina/AdobeStock ; **153 (hbg)** AllNikArt/AdobeStock ; **153 (hbd)** Daniel Berkmann/AdobeStock ; **154 (bd)** KPad/AdobeStock ; **155 (md)** Anna Valieva/iStockphoto.

Références des textes

19 "Hello Goodbye" (John Lennon / Paul McCartney) © Sony/ATV Tunes LLC, 1967. Avec l'aimable autorisation de Sony Music Publishing (France). Droits protégés. ; **27** From "Revenge of the Lunch Ladies" by Kenn Nesbitt, copyright © 2007. Reprinted by Permission of Meadowbrook Acquired, an imprint of Hachette Book Group, Inc. ; **34** "The One who Invented Trick or Treat" from "Every Thing On It" by Shel Silverstein. © 2011 Evil Eye, LLC. By permission of Edite Kroll Literary Agency Inc. ; **64** projectbritain.com by Mandy Barrow ; **68, 69, 71** Copyright © The Roald Dahl Story Company Ltd/Quentin Blake, 1983, 1984, 2020/Puffin Books/Penguin Random House Children's, UK ; **78** The Society of Authors as the Literary Representative of the Estate of Rose Fyleman ; **94** © P & Co. Ltd./SC 2021 Licencié par Copyrights ; **126** "Texas state parks Junior Ranger life's better outside", Activity Journal, Texas Parcs & Wildlife, 2020, p13: "Riddle poems" courtesy of Tyler Finley and Get to Know Society © ; **130** From teacher.scholastic.com. Copyright by Scholastic Inc. Reprinted by permission of Scholastic Inc. ; **144** "Pirate Captain Jim" from "Where the Sidewalk Ends" by Shel Silverstein. ©1974, renewed 2002 Evil Eye, LLC. by permission of Edite Kroll Literary Agency Inc. ; **145** Ruper Morgan.

Références des audios

18 "The Yellow Submarine" published in "The Yellow Submarine" by Beatles, Label: EMI Catalogue, Copyright: 2015 Calderstone Productions Limited (a division of Universal Music Group) © 2015 Apple Corps Ltd ; **18** "Hey Jude" published in "The Beatles 1967-1970" by Beatles, Label: EMI Catalogue, Copyright: 2015 Calderstone Productions Limited (a division of Universal Music Group) © 2015 Apple Corps Ltd ; **18** « All you Need is Love » published in «The Beatles 1967-1970» by Beatles, Label: EMI Catalogue, Copyright: 2015 Calderstone Productions Limited (a division of Universal Music Group) © 2015 Apple Corps Ltd ; **18** "Let it Be" published in "Let it Be" by Beatles, Label: EMI Catalogue, Copyright: 2015 Calderstone Productions Limited (a division of Universal Music Group) © 2015 Apple Corps Ltd ; **19** Thomas Connor, Rick Driscoll, Mark Fishlock, Tom Fetcher and Nick Mercer ; **27** From "Revenge of the Lunch Ladies" by Kenn Nesbitt, copyright © 2007. Reprinted by Permission of Meadowbrook Acquired, an imprint of Hachette Book Group, Inc. ; **34** "The One who Invented Trick or Treat" from "Every Thing On It" by Shel Silverstein. © 2011 Evil Eye, LLC. By permission of Edite Kroll Literary Agency Inc./Voetica.com ; **68, 69, 71** Copyright © The Roald Dahl Story Company Ltd/Quentin Blake, 1983, 1984, 2020/Puffin Books/Penguin Random House Children's, UK ; **78** The Society of Authors as the Literary Representative of the Estate of Rose Fyleman ; **105** "American Gothic" by Grant Wood ©HiGASFY Productions ; **107** "Mary Whalen Leonard interview", 2001/Norman Rockwell Museum Collection ; **144** "Pirate Captain Jim" from "Where the Sidewalk Ends" by Shel Silverstein. ©1974, renewed 2002 Evil Eye, LLC. by permission of Edite Kroll Literary Agency Inc./Voetica.com.

Références des vidéos

32 "Spooky Halloween Decorations in my Neighborhood 2019" by Sheri & Will, "Spooky Ride" by Twin Musicom is licensed under a Creative Commons Attribution license ; **44** Mr O ; **45** Text and illustration © Liz Pichon, 2013 The right of Liz Pichon to be identified as the author of this work has been asserted by her. ; **80** "La Jeune reine du Skate et du Surf Sky Brown vise Tokyo 2020" Olympics ; **82** "Skateboarder Sky Brown's Draw Her Life", A GoldieBlox "Draw My Life Series"/GoldieBlox ; **83** "13-Year-Old FEARLESS Surfing Prodigy", Kai Williams/Whistle ; **92** "Paddington 2" © 2017 StudioCanal, S.A.S. "Paddington BearTM, PaddingtonTM, and PBTM are trademarks of Paddington and Company Limited www.paddington.com © P & Co. Ltd./SC 2021 Licencié par Copyrights ; **105** "Name That Art: Alexa", 2016, Google Arts & Culture ; **118** "National Parks of the USA: Yellowstone, Grand Canyon, Biscayne" © Kids Academy, 2019.

DR : Malgré nos efforts, il nous a été impossible de joindre certains photographes ou leurs ayants droit, certains producteurs ou leurs ayants droit ainsi que les éditeurs ou leurs ayants droit pour certains documents, afin de solliciter l'autorisation de reproduction, mais nous avons naturellement réservé en notre comptabilité des droits usuels.

The British Isles